Karl-Heinz Schmidt
E Laabn uhne Fraad is wie e weite Raas uhne G

# E Laabn uhne Fraad is wie e weite Raas uhne Gasthaus

Gewitztes aus Erzgebirge & Vogtland

*Erlebt, erdacht und festgehalten von*
*Karl-Heinz Schmidt*

*Mit Illustrationen von Christiane Knorr*

EVANGELISCHE VERLAGSANSTALT
Leipzig

Karl-Heinz Schmidt, Jahrgang 1938, ist emeritierter Pfarrer der sächsischen Landeskirche und lebt in Klingenthal. Er ist Autor zahlreicher Bücher mit aus dem Leben gegriffenen Erzählungen, in denen die Menschen liebevoll auf die Schippe genommen werden. Besonders seine erzgebirgischen Mundartgeschichten sind in der ganzen Region berühmt.

Bibliographische Information der Deutschen Nationalbibliothek
Die Deutsche Nationalbibliothek verzeichnet diese Publikation in der Deutschen Nationalbibliographie; detaillierte bibliographische Daten sind im Internet über http://dnb.dnb.de abrufbar.

© 2016 by Evangelische Verlagsanstalt GmbH · Leipzig
Printed in Germany · H 7970

Das Werk einschließlich aller seiner Teile ist urheberrechtlich geschützt. Jede Verwertung außerhalb der Grenzen des Urheberrechtsgesetzes ist ohne Zustimmung des Verlags unzulässig und strafbar. Das gilt insbesondere für Vervielfältigungen, Übersetzungen, Mikroverfilmungen und die Einspeicherung und Verarbeitung in elektronischen Systemen.

Das Buch wurde auf alterungsbeständigem Papier gedruckt.

Cover: Ulrike Vetter, Leipzig
Coverillustration: Christiane Knorr, Leipzig
Satz: Steffi Glauche, Leipzig
Druck und Binden: CPI books GmbH, Leck

ISBN 978-3-374-04262-3
www.eva-leipzig.de

Kommen Sie mit hinter die »sieben Berge« des Vogtlands und des Erzgebirges und lassen sich anstecken von der Freude, die der Sauerstoff für die Seele ist.

*Karl-Heinz Schmidt*

# AM ANFANG EIN GRUSS

*Karl Marx meint, dass »Arbeit ohne Spiel dumm macht«, so in meinem vorletzten Buch. Heute lasse ich Demokrit zu Wort kommen, einen alten Philosophen aus Griechenland. Eines seiner Worte nahm ich als Buchtitel, dem ich nur zustimmen kann, dass »ein Leben ohne Freude wie eine weite Reise ohne Gasthaus« ist. Wie wahr! – Heutzutage erreichen wir unsere Ziele schneller als vor hundert und noch mehr Jahren. Trotzdem nehmen wir ein Reisebrot mit oder kehren unterwegs in einen Rasthof ein. Der Magen verlangt das und hat ein Recht darauf. – Zu Demokrits Zeiten ritt man auf Maultieren und Pferden oder ging zu Fuß. Da mussten Stunden der Einkehr sein. Und wie Magen und Gaumen ihr Recht fordern, so will auch die Seele nicht stiefmütterlich behandelt werden. Stellen Sie sich einmal ein Leben vor, in dem die Freude ein Fremdwort ist. Schrecklich muss das sein.*

*Darum möchte ich auf den folgenden Seiten Ihnen ein wenig Freude ins Haus bringen. Halten Sie getrost hin und wieder an auf dem Weg durch Raum und Zeit und genießen die eine und andere Geschichte. Dabei wünsche ich Ihnen eine gute Verdauung! – Ein treffendes Wort sagte Goethes Mutter zu ihrem Sohn Johann Wolfgang: »Wieviel Freuden werden zertreten, weil die Menschen meist nur in die Höhe gucken und, was zu ihren Füssen liegt, nicht achten«. Ein gutes Mutterwort! Sehen wir also darauf, dass wir die Freude, die uns erreichen will, nicht zertreten! Halten wir es vielmehr mit K.J.Weber, der uns folgendes rät: »Und wenn das Herz hundert Tore hätte wie Theben – lasset die Freude herein zu allen hundert Toren!« Darf ich Ihnen etwas Freude hereinlassen, und wenn es auch nur durch »ein Tor« wäre? Bitte sehr! Nehmen Sie eine Kostprobe aus dem Neuen entgegen.*

*Traffen sich zwee Kollegn an dr Tankstell in Graslitz. Freegt dr Johannes: »Sog mol, Bernhard, worum hotn dich dei Erika aagntlich oogewiesen? Hast du daare net gsaat, doss du enn reichen Erbonkel hast?« – »Freilich hob ich ihr dos gsaat, ich grusser Hornochs, die is itze mei Tante!«*

*O Bernhard, das ist wahrlich nichts zum Lachen für dich, für Sie, liebe Leserinnen und Leser, umso mehr. – Ziehen Sie auf Ihrer Lebensreise auf jeden Fall ab und zu die Bremse an, rasten Sie, entspannen Sie sich. Doch Vorsicht, verletzen Sie die Freude nicht, denn »La-*

*chen ist für die Seele dasselbe wie Sauerstoff für die Lungen«! Das ist übrigens die Meinung des quirligen Schauspielers und Komikers Louis de Funés aus Frankreich. Der muss es ja wissen. In diesem Sinn wünsche ich Ihnen viel Spaß und Freude beim Lesen und verbleibe mit herzlichen Grüssen*

*Ihr Karl-Heinz Schmidt*

# BERUF: PFARRFRAA!

Denn hot mei Gute net gelernt, denn hot se aafach übernumme, als se mit mir off unnere Pfarrstelln gezugn is. Ein Segn, doss mir dr liebe Gott su e Kraft an de Seit gaabn hot! Drei Pfarrstelln durften mir hoobn, und aus jeder will ich itze wos gucken lossen. Unner arschte Stell war Rollwitz in dr Uckermark. Mitte dr sachziger Gahr goobs im Arzgebirg suviel wie kann Schnee. Und dös im Januar. In dr Uckermark drgegn hots dermassen geschneit, su doss weder Auto noch Busse fahrn kunnten. Ohmd halb siebn tats an dr Haustür klingeln. E Busfahrer gucket mich aa, als hätt ich ne de Luft aus seine Raafen gelossen, und freeget, ob ich net halfen könnt. Mit annere Wort' hiess dos, er wullt vierzig Leit im Pfarrhaus unterbringe. Kaum war die Bande nutdürftig untergebracht, raatzet de Klingel wieder. E Wartburgbesatzing stand vür mir. Drei Damen und e Herr mit Hut und Mantel. Aah die suchetn e Dach übern Kopp. Dos war dr Direktor dr Medizinischen Fachschul Prenzlau und drei Maadle, die Krankenschwastern wardn wullten. Da, und itze entwickelten sich mei Fraa und unner Katechetin Melli ze zwee Hotelprofis. Hotelprofis is gut; bei uns soogs net wie in enn Hotel aus, eher wie im »Wirtshaus im Spessart«! När die Mischung in unnern Pfarrhaus! Dreissig gunge Manner, üm net Kinner ze sogn; e Bauernehepaar ausn Nachbardorf; e Maadel in guter Hoffning und e Busfahrer mit Moogngeschwür. Nu gute Nacht! Die Gunge loogn kreiz und quar im Pfarrsaal rüm; dos Bauernpärchen schlief in mein Aarbetszimmer, und dos Maadel im sechsten Monat hatten mir bei meiner Mutter ins Zimmer gelegt, die uns geroode besuchet. Dr Busfahrer stöhnet im Wohnzimmer offn Kanapee, und de Mediziner bracht de Melli in dr öbern Etage unter. – Halb Zwee klingelts Telefon, und e angstvulle Stimm freeget mich, ob ich net jemand zur

Hand hätt, dar e Kind haarschaffen kännt. Aah dos noch! Wos e Pfarrer net alles känne sullt! Aber aah hier wusst mei Fraa Root und maanet: »Freeg doch mol denn Direktor, dar ubn schleeft, vielleicht hot dar schu mol suwos gemacht!« Und dar hatt …! Itze sei mir dr Nacht dreiviertel Zwee über de Wiesen gestolpert. Dos Haisel, in denn dos Kind zur Walt kumme wullt, loog weit draussen an dr Ücker.

Früh halb siebn zug de Gisela mit dr Melli lus, üm bei de Bauern Millich und Brot ze batteln. Üm Achte hatten alle gefrühstückt, wos im Klartext hiess: alles war zammgefrassen! Kaa Brot, kaa Sammel – alle Keks warn naus, is Knäckebrot und dr Zwieback. De letzten Haferflocken kochet mei Fraa fürn Busfahrer, weil dar nicht annersch assen kunnt. – Kurz nooch Neine hielt dr Bauer Hansen mitn Mistschlieten vürn Haus. Aufgelooden hatt dar e süsse Fracht: Sei Tochter mitn Neigeborene! Beede brachtr nooch Pasewalk ins Krankenhaus. Unner schwangeres Maadel aus Brüssow hamm mir gleich drzugelooden. – Ze unnere Bauern. Die warn e Kapitel für sich, denn die hatten denn Schnee mit Nordhaiser Korn bekämpft. Ob die wullten oder net, die mussten Schnee raime, aah wenn se enn in dr Kron hatten. De Pasewalker Polezei hots net bluss erlaubt, die hots befohlen! Passiern kunnt nischt, weil niemand unterwaags war ausser de Traktoristen. – Paar Toog drauf rief unner Busfahrer aa und saat, doss die Haferflocken is Beste gewaasen warn für sein schwachen Moogn. Und als er uns beim DDR-Fernsehn de »Fernfahrer-Melodie« mitn Roland Neudert spieln lossen wullt, hätten die geschriebn: »Für Pfarrer spielen wir keine Danklieder!« Mögn ses lossen! Jedenfalls is Pfarrfraa e Beruf, denn mer net mit Gald bezohln kaa!

# IN FAMILIE UND IM WIRTSHAUS

»Dos is aafach gemein, wos die drham mit mir machen«, beschwert sich dr klaane Anselm bei sein Freind. »Ich bie drham vun fümf Geschwistern is Güngste und muss immer die alten Klamotten dr annern aazieh«. – »Aber dos is doch net schlimm«, maant sei Freind Alois. – »Net schlimm? Ich bie dr aanzige Gung!«

»Heute könnten wir einmal einen gemütlichen Samstag machen«, schleegt de Frau Strieselmann ihrn Maa vür. »Prima! Gute Idee! Und was schlägst du vor?« – »Das Kind geben wir der Nachbarin, und du gehst zu deiner Mutter …«.

De Luise kimmt vun dr Fahrprüfung ham. »Bestanden?«, freegt dr Vater. »Dos kaa ich dir im Moment net sogn, dr Fahrlehrer liegt noch off dr Intensivstation!«

Seit ner halbn Stund wart' e Kundin mit ihre lebhaften Zwilling im Porzellangeschäft. Dann gieht ihr die Warterei doch offn Docht, und se plärrt die Verkaiferin aa: »Wenn ich jetzt nicht bedient werde, lass ich die Kinder los!«

De klaane Dana fährt mit ihrn Dreirood im Wohnzimmer rüm, su doss ihr Papa de Faxen dick hatt und schimpft: »Dana, du solltest längst im Bett liegen. Schluss mit der Radfahrerei!« – »Ich will ja, aber ich finde mit dem besten Willen keinen Parkplatz!«

An dr Ostsee off Usedom. E eitle Dame freegt de Mutter vun enn Gung: »Ist das Ihr Sohn, der gerade Sand in meinen Picknick-Korb schaufelt?« – »Nein, mein Sohn ist gerade dabei, um Ihr Handy zu testen, ob es auch unter Wasser funktioniert!«

Im Warteraum dr Entbindungsstation stieht de Krankenschwaster mit zwee Neigeborene im Arm. »Macht es Ihnen nichts aus, dass es mehrere sind?«, freegt se in frischgebackene Vater. – »Aber nicht doch! Warum sollte mir das was ausmachen?« – »Dann halten Sie mal die beiden, ich hole die anderen!«

E Maa kimmt nei dr Apothek und sogt zur Verkaiferin: »Ich hätte gern eine Packung Acetylsalicylsäure!« – »Sie meinen Aspirin?« – »Ja, ich kann mir nur dieses Wort so schlecht merken«.

»Mama, hier lese ich, dass das Theater neue Statisten sucht. Kannst du mir sagen, was das ist?« – »Nun, mein Kind«, fing de Rosenthal-Marlene geschwolln aa, »Statisten sind Leute, die nur herumstehen und nichts zu sagen haben«. – »Aha, dann wäre das doch etwas für Papa!«

De Frau Blümchen aus dr Margaritenstrooss is su e richtige neigierige Zieg. Alles muss die wissen, üm dann über de Leit haarziehn ze känne. Freegt se de Kümmel-Ilse wieder mol su raffiniert aus: »Sogn Se mol, Frau Kümmel, is Ihne aagntlich aufgefalln, doss Ihr Tochter in letzter Zeit ziemlich aufmarksam in Baby-Rootgaaber liest?« – »Freilich. Und wissen Sie wos? Ich bie fruh, doss sich dos Maadel mol für wos annersch intressiert als immer när für gunge Manner!« – O ja, dumm geborn und …!«

Dr Schwartner-Emil kimmt vun ner Familienfeier ham und schwärmt seiner Fraa wos vür wie grussartig bei Lehmanns alles war. »Stell dir mol vür, Ilona, die Jubiläumsparty kunnt vürnaahmer net sei! Bei Lehmanns hamm se sugar e goldenes Klo!« – »E goldenes Klo? Ehrlich?« De Ilona is vür Neigier bald aus de Latschen gekippt. »E goldenes Klo? Emil, dos muss ich saah!« Dos glaab ich. Am nächsten Morgn musst dar arme Maa, ob er wullt oder net, mit seiner Frau Gemahlin ze Lehmanns aufzwicken. Dr Emil klingelt, und de Henriette Lehmann öffnet. »Hallo«, strahlt dr Emil, »ich war gestern bei Ihne zur Party und wullt meiner Fraa mol Ihr goldenes Klo zeign!« – »Du, Erwin«, plärrt se ins Wohnzimmer, »der Kerl ist da, der gestern in deine Tuba geschissen hat!«

Vun »Goldene Klo« ins Wirtshaus. De Familie Mümmelmann isst ze Mittoog im »Walfisch«. Noochn Assen sogt dr geizige Hausvater zur Serviererin: »Die zwee übriggebliebene Schnitzel känne Se eipacken, die namm ich unnern Hund mit!« – »Juhu«, jubeln de Kinner, »mir kriegn enn Hund!«

Armin und Inge kumme ausn Wirtshaus und meckern, wos is Zeig hält. »Su ein mieses Lokal«, spukt dr Armin, »de Supp versalzen, is Rotkraut kalt und is Flaasch zäh wie Laader«. – »Ja«, pflichtet ihm dr Ingo bei, »und wenn mir net su schnell aufgebrochen warn, hätten mir denn ganzen Krampel noch bezohln müssen!«

In dr »Kalten Sophie« drubn an dr Grenz sitzt e Maa und starrt traurig in sei Biergloos. Seine Tischnachbarn unterhalten sich über ne, und aaner maant: »Wos is bluss mit denn heit lus?« – »Schlimm«, sogt sei Kolleg, »sei Fraa hot ne verlassen, aber de Schwiegermutter is gebliebn!«

»Herr Ober, ist das Kaffee oder Tee, was Sie mir serviert haben?« – »Wonach schmeckt es denn?« – »Nach Spülwasser!« – »Dann ist es Kakao!«

»Nehmen Sie endlich den Hund weg, er bettelt mich dauernd an, unmöglich so etwas!«, schimpft e Gast. – «Aber lieber Herr«, maant dr Ober, »der Hund bettelt nicht, er will nur seinen Teller zurückhaben!«

Stell dir mol folgendes vür: Du fährst mitn Auto und hältst e gleichbleibende Geschwindigkeit. Off dr linken Seit giehts enn Abhang nunter. Off deiner rachten Seit fährt e grusses Feierwehrauto und hält die gleiche Geschwindigkeit wie du. Vür dir galoppiert e Schwein vun besonderer Gröss, und du kasst absolut net vorbei. Schlimm, doss hinter dir e Hubschrauber off Budenhöh fliegt. Dos Schwein und dar Hubschrauber hamm exakt dei Geschwindigkeit! Wos unternimmst du, üm daare peinlichen Situation ze entkumme? Ich sog dirs: Steig vom Kinnerkarussell runter und trink wäniger Glühwein!

Am Schluss vun denn Block giehts noch mol nei dr Familie. Do is de Oma Hanne, die saat ze ihrn Enkele Theo: »Mein lieber Theodor, von mir darfst du dir zum Nikolaustag ein schönes Buch wünschen!« Dr Theo strahlt und platzt raus: »Oma, du bist gut! Dann wünsche ich mir dein Sparbuch!«

Is Bastel drzeehlt in Nikolaus folgendes: »Lieber Nikolaus, stell dir mol vür, mir sei vür zwee Wochen ümgezugn. Ob du's glabbst oder net, ich hob itze e eigenes Zimmer, mei Schwaster aah und sugar mei klaaner Bruder Fred hot sei Zimmer. När dr Papa net, dar muss noch bei dr Mama schloofen!«

Als dr Marcel mit seine Eltern bei dr Tante Evelin ze Besuch is, fängt dar aa im Gloosschrank de Tassen ze zeehln. »Wos machst du dä, Marcel?«, freegt de Tante. »Dr Papa saat, doss du nimmer alle Tassen im Schrank hättst, und do will ich wissen, ob dos stimmt!«

De Tante Gerda freegt ihrn Neffen Chris: »Na, mein lieber Chris, hilfst du auch deiner Mutti ein bisschen im Haushalt?« – »Aber sicher, ich muss immer die silbernen Löffel zählen, wenn du gegangen bist!«

## AUS DR ARCHE GEPLAUDERT

Zwee Spinne treffen sich. Sogt die aane zer annern: »Aber meine Liebe, du wirst ja immer magerer!« – »Ach ja, so ist das halt, wenn man keiner Fliege etwas zuleide tun kann!«

E Schildkrötentochter will heiraten. Se stellt ihrn Freind dr Mama vür und rachnt mit ihrn Eiverständnis. Doch de Frau Mama laahnt oo und gackert: »Kommt nicht in Frage! Schliesslich kennst du ihn erst seit fünfzig Jahren!«

E Maus giehnt ins Kino. Kaum hatt dr Film aagefange, kimmt e Elefant und braatscht sich vür dos Maisel hie. Dos Maisel stieht auf, setzt sich vür denn Elefant und maant: »Su, und nu sisste mol, wie schlacht mer saah kaa, wenn enn jemand vür dr Noos sitzt!«

An enn kalten Wintertoog sitzt e Angler zwischen Mühlleithen und Gottesbarg am Teich. När denn seine dicken Backen sulltste saah! Die warn aufgebloosen wie Luftballon. Kimmt e Spaziergänger vorbei und freegt ne, ob er Zaahschmerzen hätt. »Naa«, drklärt er, »aber irgendwie muss ich die Würmer ja auftaae!«

Begegne sich zwee Freinde im Ferienhotel Mühlleithen. »Sog mol«, maant dr Markus, »worum gewinne deine Brieftaubn immer jeden Wettbewerb, dos kaa doch net mit rachten Dinge zugiehn!« – »Ganz aafach«, drklärt dr Ferdinand, »ich kreiz die mit enn Papagei, und dodurch känne die noochn Waag freegn«.

E Roosenmäher und e Schoof stinne off dr Wies. Do sogt dos Schoof: »Mäh! Mäh!« Empört drwidert dr Roosenmäher: »Also horch, mei Liebes, vun dir loss ich mir nischt befehln!«

Wasst du, wos Politiker und Taubn für e Gemeinsamkeit hamm? Ich sog dirs: Wenn die unten sei, frassen se dir aus dr Hand. Doch sei se arscht mol drubn, also über dir, bescheissen se dich!

De Familie Mauerschbarger aus Frankfurt will off enn Bauernhuf in Grübach Urlaub machen. Dr Vater drkundigt sich bei dr Bäuerin Martina: »Was kostet die Übernachtung pro Person, gnädige Frau?« – »Ja, dos kimmt drauf aa«, sogt de Martina, »zaah Euro, wenn Se de Betten salber machen, sunst vierzig Euro!« – »Wir machen die Betten selbst!« – »Na gut. Im Stall finden Se Holz, Hammer und Naaln!«

Im Leipziger Zoo unterhalten sich zwee Löwen. »Ich habe gehört, dass du einmal ausgebrochen bist«, saat dar aane, »wie war es denn da draussen?« – »Nicht übel«, drwidert sei Kolleg. »Ich hatte mich im Rathaus verschanzt und ab und an einen Beamten gefressen. Eine Zeit lang ging das recht gut, es fiel nicht auf, als ich aber die Putzfrau erwischte, waren sie wie wild hinter mir her!«

Mitten im Winter krabbelt e Schnack langsam enn Kirschbaam nauf. »Wos willst dä du off denn Kirschbaam zur Winterschzeit?«, freegt e klaane Kohlmeise erstaunt. – »Nu wos wuhl, dumme Froog, Kirschen will ich assen!« – »Aber do sei doch gar kaane draa«, maant de Meise. – »Bis ich do drubn bie, schu …!«

In enn Kängurubeitel sitzt e Pinguinkind und gammert: »Mir ist es hundeelend zumute, nur wie heiss es hier ist!« – Tausende Kilometer entfernt hockt e Kängurukind

off ner Eisscholle und bibbert: »Mir ist so kalt, ich glaube ich muss sterben! Blöder Schüleraustausch!«

Kimmt e Vertraater dr Agrar-Genossenschaft zur Bauerschfraa Rosel Mittelbach und freegt nooch ihrn Maa. – »Dar is im Saustall. Sie drkenne denn an seiner blaue Mütz!«

## NISCHT WIE FORT!

Itze muss ich eich e Geschicht drzeehln, die schu lang fällig gewaasen war, de Geschicht vun »Sammi«. Sei bürgerlicher Name is Jörg Sammer aus Klingethol. Kennegelernt hob ich denn durch sei Grossmutter, die in unnerer Strooss wuhnet. Wie dos su is, fast jeder hot Freinde und Feinde. Und Feinde hatt dr Jörg halt aah. Wos mich besondersch grämt is dos, wenn se scheissfreindlich dir ins Gesicht sei, und hinter dein Buckel traaten se dich nein Drack. Su kams, doss dar ahnungsluse Jörg off ner Disco e Lied gesunge hoobn soll, dos dr DDR ganz und gar net nein Straafen passet. Denn Jörg is wos untergeschubn wordn, wos er gar net war! Su kam er uhne Schuld schuldig hinter Gitter. Nie möcht ich su e Type wie sei Verräter sei! Mit sette unmoralischen Nieten känt ich net zammarbeten! Als dr Jörg die »Schwedischen Gardine« mit denn bunten seiner Mutter austauschen durft, hatt dar bluss enn Wunsch: Raus aus dr DDR! Aber wie? Um enn Ausraasaatroog stelln ze känne, brauchet er e Aarbetsstell, und die hatt'r net und krieget se aah net. Dos hot er mir drzeehlt. »Pass auf«, saat ich, »dos is ganz aafach, du fängst bei uns aa, in dr Kirch!« Dr Kirchnvürstand hatt nischt drgegn, im Gegntaal, dar war echt drfür, in Jörg eizestelln. Ich nahm Verbinding mit Draasden auf, fuhr aaschliessend mitn »Sammi« nooch Zwicke offs Bezirkskirchnamt, und dr Jörg war Aagestellter bei »St. Johann« in Sachsenbarg. Dos war natürlich e Aarbetsstell mitn niedrigsten Gehalt. Und dos wullt dar Jörg net mol namme! Dar war lediglich dankbar drfür, doss sei Lampel off »Grü« geschalten war. Und mir hatten enn vun dr Edelsorte! Daar gucket off kaa Uhr, rammlet für Dreie offn Friedhuf rüm und registrieret jeden Toog, wie de Staasi am Friedhuf rauf- und runtergeloffen is. Emol war de Becker-Eva bald in Ohnmacht gefalln, wu er tarzanverdachtig aus ner Friedhufsheck rausgeschossen kam. – Denk ich ans Krippenspiel, in denn er in Joseph machet, stieh ich heit noch unter denn Eidruck, net in Joseph aus Nazareth vür mir ze saah, sondern in Jung-Siegfried ausn Nibelungelied. När wie kraftvull dar sein Wanderstab hielt! Wie dr Jörg geaarbet' hot, su spielet er aah. Uvergassliche Zeiten! Kurz vür dr Wende durft er ausraasen. Dann ging suwiesu alles Schloog off Schloog, und Deitschland is wieder Aans worn! Jörg, mir wardn dich net vergassen! Es war e schiene Zeit mit dir! Dank für alles!

## MÜLLDEPONIE FRIEDHUF

Dos gibts net? O doch, dos gibts mehr als genug! Losst mich mol ganz aussn aafange. Mir laabn, ob ihrs glabbt oder net, in ner widerlichen, uverschaamten Wagwaarfgesellschaft. Feine Leit net ausgeschlossen. Stieht doch naabn ner Klingetholer Kaufhall, in »Lidl«, e aagesaahene Dame dr Stadt, aageputzt mit Ring und Hut und su, und zerflaascht offn Parkplatz e Banan. Als se denn Inhalt aus dr School rausgepopelt hatt, guckt se nooch rachts, dann nooch links, und schwupp haut se ihrn Abfall offn benachbarten Baumarkt-Parkplatz. Se fühlet sich ubeobacht'. Dacht se. Ich aber hob gesaah, wie se ihrn eklign Rast zwischen Daume und Zeigefinger off enn Aahänger schwang. Feine Leit. Ich kännt mich zerruppen.

Vun de klänn Sünden ze de grässern, und die offenbarn sich an de Ranner unnerer Stroossen. Wos liegt do bluss su rüm im Stroossenrand und im Wald! Dos fängt bei de leern Bierdusen aa, läft über Sprayflaschen, alte Schuh und Kofferradios und härt bei Nachttischlample, Haarföhn und Wasserkocher auf. Vun Fernseher und Matratzen gar net ze reden. Und dr Wald is geduldig, dar nimmt alles aa, wos du nimmer gebrauchst.

Itze aber namm ich eich mol offn Friedhuf mit. Dos is dar Ort, wu de am wänigsten su e uverschaamte Entsorgungsstation drwartst. Kumm när hie! Dr Mensch is ze alln fähig. Und Ehrfurcht vür enn Flack Aard, wu Stille und Besinnung aagesaat is, kenne viele salberscht dort net. Statt verwalkte Blume offn Komposthaufen ze schaffen, haue se die nei ner Heck an dr Friedhufsmauer. Vergabns alte Gläser und Vasen kasste dort drinne wiederfinden und, ob ihrs glabbt oder net, zammgeworscheltes Papier, in dos de gekaaften Blume eigewickelt warn, stackt in de Friedhufshecken drinne. Wos sei dos bluss für Leit! – In meiner Haamit drübn im Arzgebirg wuhnet e alter Grossvater, denn sei Waag jeden Toog mol offn Gottsacker führet. Dort soog er noochn Rachten und bracht mannichs in Ordnung. Wos hot dar gute Max in Leiten bluss alles noochgeraimt! Als ne aber die Liederlichkeit dr Leit über sei Hut-

schnur ging, schrieb er e Plakat, off denn in grussen Buchstoobn ze laasen war: »Wer wirft Gläser und Vasen ins Gras, ist ein Aas!« Dos stellet er naabn ne Abfallhaufen, su doss es jeder laasen kunnt. Manche Friedhufsbesucher regeten sich auf, annere lachetn drüber, aber Racht hot dar Gute doch gehatt! Überlegt eich, wu eier Ramsch hiegehärt, und dort bringt ne hie! Und dei Bananeschool haust du beim »Lidl« nimmer zum Baumarkt nüber, aah wenns zwischen Daume und Zeigefinger noch su vürnaahm aussieht!

## HARTE KOST

Offn Schloss »Herrnstein« regieret e alter Graf. Dar Graf Kronburg war e milder und verständnisvuller Regent. Sette Leit hasste salten in su ner Stellung. Besonders an ihm war ze schätzen, doss er e offenes Wort net vun sich wies, aah dann net, wenn sichs mol gegn ihn salber richten tat. Vür alln sei alter Hofnarr, in denn viel humorvulle Weisheit stacket, durft sich mannichs erlaubn ze sogn, wos annere su net durften. Dr alte Graf hot sein Narr gekannt und wusst, doss alles, wos aus denn rauskam, enn saubern und ehrlichen Herzen entsprunge war – aah dann, wenns hinnewieder wing verschrubn geklunge hot. – Nu kam dar Toog, an denn dr alte Kronburg seine Aagn für die Zeit und Walt für immer schliessen tat. Mitn Tud vun denn alten Herrn aber ännerte sich is Laabn off »Herrnstein« schloogartig. Und dos net zum Guten. Dos Holz, aus denn dar gunge Herr geschnitzt war, is net viel wart gewaasen. Dos Miststück war verschwenderisch, war bedacht off Lust und Googd – üms Wohl vun sein Volk gings denn Gauner überhaupt net. Dauernd aber wullt er gelubbt wardn. Sei Dienerschaft krieget de Kurv beizeiten raus und schaltet off e miese Lobhudelei üm. Se saat när noch dos, wos ihr Lümpel härn wullt. Su troppeten ihre Lippen vun Schmeichelein und machetn enn Diener noochn annern. Dos gefiel natürlich denn Hallodri. När dr alte Narr stand mürrisch und vergrämt naabne Thron. Als dar arme Narr vun sein Herrn aufgefordert wurd, Spaassle ze machen, aber net vun seiner gewuhnten Art liess, fiel er in Ungnade. Weil dr gunge Graf absolut kaa Kritik vertroogn kunnt, schmiss er sein Narr vun Huf. Dar trieb sich dann in dr Gesindestub rüm, ging nei de Pfaarställ und schlich durch de Gärten. Er musst fruh sei, wenn in dr Küch noch wos für ihn oofiel. Su tat er sei Laabn fristen. – An enn Sommertoog sooss dar arme Karl off dr Schlosstrepp und hatt e Schüssel Kraut off seine Baa, aus daare er bedachtig läffeln tat. Do kam su e widerlicher Lackaff vun Diener und maanet hühnisch: »Du könntest es besser haben, alter Narr! Wir führen eine gute Küche im Schloss, und wenn du ein wenig einsichtiger wärest, so dürftest du Pasteten speisen, anstatt dir den Bauch mit stinkendem Kraut zu füllen«. Dar Narr gucket net vun seiner Schüssel auf und maanet: »Du könntest es auch so gut haben wie ich; wenn du Kraut ässest, dürftest du die Wahrheit sagen!

## WAHRHEITEN

sehen immer furchtbar aus für Leute, die gewohnt sind, ihnen auszuweichen
*Rainer Boldt*

## VERGASSLICHKEIT

Dos is e Thema, dos in unnerer Zeit immer grässer geschribn ward. Sicher war dos schu früher e Problem mit dr Vergasslichkeit, aber ich hob denn Eidruck, doss sich dos immer stärker ausbratt'. Am besten saah ich dos dodraa, doss ich Zeig aus dr Vergangeheit in alle Aanzelheiten drzeehln kaa, wos drgegn gestern gewaasen is, dos is üms Denken aus mein Gedankengut verschwunden. Langzeit-Denken: gut! Kurzzeit-Denken: miserabel! Dodrmit stieh ich aber net allaane do, vieln naabn mir giehts net annersch! Sonderbarerweise sisste dos Phänomen Vergasslichkeit aah schu bei gunge Leit! – Jedenfalls fährt de Hunzinger-Lotte immer noch Auto mit ihre achtesiebzig

Gahr. Vorigs Wochenend packet se ihr Eikaafswaagel im »Lidl« vuller Asserei, Saafenpulver und wos mer halt su braucht. Se schub die Last naus an ihrn Volkswoogn, doch eh se zum Auslooden kimmt, schreit de Fischer-Traudel übern Parkplatz rüber ze ihr, und de Maahrerei ging lus. Losst när de Weiber offenannertraffen, denne fällts net im Geringsten schwaar, Gesprächsstoff ze finden. Wie se alles durchgehechelt hatten, stieg mei Lotte nei ihrer Kist und scheppert durch Klingethol.

Drham machet se ihrn Kofferraum auf und trauet ihrn Aagn net: leer! Dar Schrei, denn se luswardn wullt, dar kam net. Ihr Stimm war wag. Bei ihre aageregten Gespräche, wenn mer ze denn Gekaas Gespräch sogn soll, vergooss se ihrn Woogn auszepacken und liess denn aafach stieh. Üms Handümdrehe setzet se sich wieder in ihr Autole und prasselt wie e Olbere durchs Staadtel, su doss de Leit zur Seit springe mussten und sich freegeten: »Wos is dä heit mit dr Lotte lus?« Bevor se in dr Kaufhall nooch ihrn Woogn. freegn kunnt, maanet de Frau Meinel an dr Kasse: »Ein Glück, Frau Hunzinger, dass es noch ehrliche Leute gibt! Ein junger Mann brachte Ihren Wagen zu uns, und wir rechneten damit, dass Sie noch einmal auftauchen!« – »Ach, Frau Meinel, hamm Se när vieln Dank, wenn ich denn gunge. Maa itze vür mir hätt, denn tät ich enn Schmatz gaabn, dar net vun schlachte Eltern is!« – »Das können Sie gern erledigen, gnädige Frau, der junge Mann bin ich und komme aus Flensburg, um in Klingenthal Urlaub zu machen«.

De Lotte stürzet off dos Bürschel zu, naahms beim Kopp und donnert denn Aahnungslusen enn Schmatz nauf dr Back, denn de bis an de Bähmische Grenz gehärt hast.

Vun dr Hunzingern ze mir. Wos die kaa, bring ich aah fartig. Naa, net dos mit denn Schmatz, aber wos de Vergasslichkeit aagieht. Ihr Leit, dos hätt ins Aag gieh känne, wu ich in unnerer Sachsenbarger Sparkasse gewaasen bie. Übrigens, Sachsenbarg is Klingethol Dreie! Zearscht ging ich an denn Apparat, wu de gezeigt krisst, wie's mit dein Kontostand aussieht. Weil dar mir e halbwaags aanammbare Noochricht vermitteln tat, bie ich nüber zum Galdautomat und liess mir hunnert Euro ausspeie. – »Guten Morgen, Frau Meisel ... Grüss Gott, Manfred ...!« Immer triffst du jemand, mit denn de rümkaasen kasst. Su aah hier. Wie ich draussen an mein Skoda stand, fiel mir Esel ei: »Mensch, du hast doch dei Gald gar net aussn Automat genumme, du grusser Hornochs!« Wie e geölter Blitz fatzet ich zerück, und in denn Moment stand e Fraa zwischen Tür und Angel, enn Engel gleich, und saat: »Herr Schmidt, was machen Sie denn für Sachen, Sie haben Ihr Geld im Automat stecken lassen!« Die ehrliche Haut bracht mir meine Pfeng noochgetroogn und hätt aah enn Schmatz verdient, bluss, dos hob ich mir net getraut! Aber geschaamt hob ich mich!

De Moral vun daare Geschieht: Nammt eire Gedanken zamm! Ob im »Lidl« oder in dr Sparkasse! Es gibt nämlich aah annere Leit, die bluss drauf warten, doss du dei Waagel stieh lässt und dei Gald im Automat vergisst! Ehrlich, ich will mich aah bessern!

## GEMARTERT

Ein gutes Tier ist das Klavier,
still, friedlich und bescheiden,
und muss dabei doch vielerlei
erdulden und erleiden.

Der Virtuos stürzt darauf los
mit hochgesträubter Mähne.
Er öffnet ihm voll Ungestüm
den Leib, gleich der Hyäne.

Und rasend wild, das Herz erfüllt
von mörderischer Freude,
durchwühlt er dann, so gut er kann,
des Opfers Eingeweide.

Wie es da schrie, das arme Vieh,
und unter Angstgewimmer
bald hoch, bald tief um Hilfe rief,
vergess ich nie und nimmer.

*Wilhelm Busch*

## GEMIXTES

De Wellner-Elvira aus dr Beethovenstrooss kloogt ihrn Hausarzt, in Dr. Geipel, ihr Laad: »Mit mir is de Katz verreckt! Ich halts aafach nimmer aus: Ich red im Schloof, dos macht mir ze schaffen!« – »Aber Frau Wellner, das ist doch nicht weiter schlimm, wenn Sie im Schlaf sprechen! Das geht vielen so!« – »Dos sogn Sie, Herr Doktor, aber is ganze Büro lacht über mich!«

Dr Benjamin kimmt aus dr Schul und drzeehlt voller Stolz seiner Frau Mama: »Stell dir mol vür, Mami, mir hamm heit in dr Schul Sprengstoff haargestellt!« – »Nu do«, sogt de Mama erregt, »wos ward eich morgn bluss in dr Schul noch eifalln?« – »In welcher Schul?«

Dr Lehrer Hahnauer übt mit seiner Klasse römische Zohln. Er schräbbt an de Tafel: »Johannes XXIII« und möcht gern wissen, wos dos haasst. Dr Toni, wos in Wirt vun dr »Grünn Tann« sei Gung is, maant kurz und bündig: »Dr Johannes hatt zwee Klare und drei Bier!«

De Sophie leiert ihrer Mutter de Ohrn vull und gammert: »Mutti, ich möcht zum Geburtstoog e Pony!« Dos gieht schu paar Toog lang su, su doss de Mutti sogt: »Vun mir aus, dann ginne mir morgn zum Frisär!«

Enttaischt freegt de Leonore ihrn Maa: »Konrad, ich verstehe dich nicht, dass du dich auf den Balkon verziehst, wenn ich dir ein Geburtstagsständchen singe! Warum tust du das?« – »Mein Liebes, ich lass mich nur sehen, damit die Nachbarn nicht denken, ich würde dich schlagen …!«

Valentinstoog! Du liebe Zeit, viel Eheleit wissen mit denn Toog absolut nischt aazefange. Und die Manner, die mol wos vun denn Toog gehärt hamm, sogn: »Dos fällt uns im Traam net ei, im Blumelooden suviel Gald hiezeblättern; Alles Galdschneiderei!« Die hamm also mitkriegt, doss am Valentinstoog e Blumestrauss weit mehr kost' als an gewähnliche Toog. Freilich gibts aah paar, die off denn Toog eiginne und sich gegnseitig e Fraad machen. Wenn ichs net verrammel, kaaf ich meiner Fraa aah wos. Net beim Gärtner, aber im »Lidl«! Do kost' e Tafel Schokolade am Valentinstoog net mehr als an gewähnliche Toog. Ihr satt, ich bie ökonomisch veraaloogt!

Jedenfalls will de Irma aus dr Schumanngass ihrn geliebten Joseph zum Valentinstoog wos Schienes ze Mittoog vürsetzen. Se quatschert in dr Küch rüm, und dr Joseph roch denn Brooten. Dos haasst, dar roch denn Brooten net, denn Spinat kasste net riechn. Er guckt nei ze seiner Guten und sogt: »Mei liebe Irma, ich wass, doss du dir alle Müh gibst, üm mich am Toog dr Verliebten rundrüm ze verwähne. Nu will ich dich net stärn, aber Spinat is viel schmackhafter, wenn du denn durch e Gänsbrüstel drsetzt und brooten tätst!«

War sich in meine Bücher hinnewieder eigeschlichen hot, sei de Schotten. Ich wass aah net, wos die in meine Mundartbücher ze suchen hamm. Die känne sich mit ihrer übertriebene Sparsamkeit enn annern Flack aussuchen. Itze warscht du natürlich sogn: »Schmidt, halt du bluss dein Rand, du mit deiner billigen Schokolade am Valentinstoog; du Lidl-Kunde!« – Zum Mac Donald. Völlig ausser Oden kimmt dar ham und hot in Bauch vull Wut. Freegt ne sei Fraa: »Was hast du, Mac? Warum bist du so erregt?« – Do sprudelts när su aus denn raus: »Hab ich doch den Bus verpasst und bin den langen Weg hinter ihm hergelaufen!« – »Aber mein lieber Donald, freu dich doch, da hast du immerhin 50 Pence Fahrgeld gespart«, beruhigt ne sei Anne. »Ja, schon, wäre ich jedoch hinter einem Taxi hergelaufen, hätte ich 5 Pfund gespart!«

Mac Nepp ward zum sechsten Mol Vater. Freegt ne e Engländer: »Zum sechsten Mal Vater, wie verträgt sich das denn mit eurer schottischen Sparsamkeit?« – »Nun, es fing damit an, dass wir noch ein paar Windeln übrig hatten …!«

Dr Katechet Hoffmann freegt de Kinner, wos se sich bei denn Sprichwort »Müssiggang ist aller Laster Anfang« denken. Do maldt sich dr Daniel und sogt: »Wos e Laster is, wass ich. Dos is e grusser Lastwoogn. Aber in Müssiggang kenn ich net. Is dos dr Leerlauf?«

»Na, Liebling, wie hast du deine erste Fahrstunde hinter dich gebracht?«, freegt dr Gernot sei Angelika. – »Mein lieber Gernot, auf keinen Fall darfst du glauben, was morgen in der Zeitung zu lesen ist!«

De Susanne, die ihr arschte Woch Unterricht noochn Schulaafang hinter sich gebracht hatt, sogt ze ihre Eltern: »Ehrlich, ich verplemper mei ganze Zeit in daare langweilign Schul: Ich kaa net laasen, kaa net schreibn, und reden darf ich aah net!«

»Sog mol, Bernhard, worum hotn dich dei Erika aagntlich oogewiesen? Hast du daare net gesaat, doss du enn reichen Erbonkel hast?« – »Freilich hob ich ihr dos gesaat, ich grusser Hornochs, die is itze mei Tante!«

E Sommergast aus Berlin is zum arschten Mol bei uns im Vogtland. Zwee Wochen Ferienhotel Schöneck, dos wie e Sprungschanz gebaut is. Denn Spree–Athener gefällts dort wirklich sehr gut. Wie e Waltmaaster durchraast dar unner Haamit. Vun dr Masseese gefreegt, die aah ihr Uwaasen im Hotelkaller träbbt, wies ihm im Vogtland gefällt, sogt'r: »Also wissen Sie, junge Frau, die Jejend hier oben is wirklich prima; ooch det Hotel is janz grosse Klasse, abaa immer, wenn ick wat sehen will, steht so een doofer Berg dazwischen!«

De Marianne sogt ze ihrn Henry: »Maa, ich gelaab, unner Ferdinand ward erwachsen!« – »Wie kimmste dä dodrauf?« – »Ganz aafach, dar hot heit is Mannschaftsfoto vun Bayern München gegn e Fotografie vun enn Maadel eigetauscht!«

E Berufsboxer sull operiert wardn. Freegt dr Chefarzt Dr. Jachtenberger sei Oberschwaster Juliane: »Ist der Mann schon narkotisiert?« – Vuller Verzweiflung maant die gestresste Schwaster: »Ich schaffe es einfach nicht. Immer, wenn er mit dem Zählen bei neun ist, steht er wieder auf!«

O ja, dos is schu e Mix, denn ich eich zammgebraut hob! Eins, zwei, drei – und mir sei vom Boxer zum Anwalt kumme! Su schnell gieht dos! Dar freegt sein Klienten: »Haben Sie denn Ihrem säumigen Schuldner die Rechnung vorgelegt?« – »Aber sicher!« – »Und was hat er gemeint?« – »Ich soll mich zum Henker scheren!« – »Und was haben Sie getan?« – »Ich kam sofort zu Ihnen!«

## UNTER DEN MENSCHEN

und den Äpfeln sind die glatten nicht immer die besten, sondern die rauhen mit einigen Warzen
*Jean Paul*

## MAADEL FÜR ALLES!

Dos kasste laut sogn! Mei Gisela singt im Kirchnchor mit und spielt bei de Bläser de zweete Stimm. Se gehärt ze de Raamachweiber in dr Kirch, is bei de Kirchner drbei und taalt mit mir is Abndmahl aus. Nu gibts aber aah Sachen, die ausn Rahme falln. Dos wisst ihr ja vun denn Wintereibruch in dr Uckermark, vun denn ich eich drzeehelt. Seit 1969 warn mir jedenfalls wieder im Arzgebirg, drham also. Wos in Pfarrer aagieht, dar war jeden Toog offn Servierbrattel aazetraffen. Dos haasst, dar stand off dr Kanzel, trauet gunge Pärchen, taafet Kinner und Erwachsene und trug manniche gute Seel ze Groob. Dr »Herr Pfarrer« hielt sich meestens im Vordergrund auf, wugegn sei Fraa net salten im Verborgene gewarkelt hot. Du warsts kaum glaabn, aber ohmd halb Elfe klingelts Telefon, und e Fraa aus dr Nachbarschaft saat, doss in dr Leichnhall is Licht brennt. Wos macht mei Gute? In aller Seelnruh suchet die in Schlüssel und ihr Taschenlamp und schwoodelt im Nachthemm nüber offn Gottsacker. Wie e Nachtgespenst schleicht se an de Greeber vorbei, schliesst de Hall auf und muss Obacht gaabn, doss se net in alten Neibert-Opa aagestussen hot, denn dr Hannes aufgebahrt hatt. Se dreht is Licht aus, und ich muss schu sogn, mei Gute hatt Mut, dr Nacht halb Zwölfe in dr Leichnhall rümzefuhrwarken. E annersch hätt sich gefarcht und is Licht bis früh brenne lossen. Meiner Fraa machet dos aber absolut nischt aus, weil se wusst: wenn dir niemand mehr wos aatu kaa, dann sei dos de Tuten!

Als unner Bestatter Hannes aus Scheibnbarg in Markersbach enn Sarg schmücket und waagn enn plötzlichen Durchfall oobrachen musst, fand e fliegender Wachsel statt und mei Gisela schmücket wetter. När wie schie se de Elsa mit Blümle umstecket und sugar mit ihr reden tat, aah wenn se kaa Antwort krieget. Hätt de Elsa alles mitkriegt, warn garantiert ihre Wort gewaasen: »Maadel, dos hast du aber schie gemacht!« Doch ze daare Zeit befand sich de Elsa schu in ganz annere Regione!

November! Naabelschwooden übern Pumpspeicherwark. Do musst drunten offn Friedhuf e Groob wieder aufgemacht wardn, wu im Sommer e Ufalltuter neigelegt wurd. Dr Staatsanwalt hatts su aageordnet. Mir tat bluss die Mutter laad, aber es half nischt, ihr Gung musst wieder raus. Dr Hannes als Heimbürge, dr ABV Henry und ich warn mitn Ausschaufeln am Wark. Und sonderbarerweise hatten de Markersbacher an denn Vürmittig offn Friedhuf ze tu. Se netzten ihre Greeber,

obwohls regne tat. Neigier macht erfinderisch! E dumme Erfindung! Und weil beim Sargrauszieh de vierte Person gefaahlt hot, zug natürlich de Frau Schmidt denn Sarg mit raus. Für wos Aussergewähnlichs war die immer ze hobn! Dann fieln zwee Professoren aus Jena über denn armen Karl haar. Und mitten in daare net geroode appetitlichen Schnippelei und in denn Duft, dar net dr »Duft dr weiten Walt« war, freeget mich aaner vun die Herrn, ob ich net e aasprachendes Wirtshaus wüsst, wu mer gut ze Mittoog assen kännt. Ich dacht, ich här net richtig! Hatten die Sorgn! Eh se wetterfahrn und in Erlabrunn noch enn zweeten Fall hätten, möchten se gern noch wos Ordentlichs zwischen de Zäh hobn! Wu ich mir de Noos zuhalten musst, freegn die noochn Mittoogassen! – Während mir in dr Leichnhall gewaasen sei, hot sich mei Fraa aah üms Mittoogassen gekümmert. Die kochet fürn Heimbürge, in Volkspolezist und in Pfarrer. E seltsame Troika, galle? In Markersbach aber war suwos möglich! – Maadel für alles und alle! Dos stimmt! Wenn annere in Figaro aufsuchen müssen, schnätt de Gisela ihre und meine Haar salber! Und gut! Sie is Elektriker, Mechaniker, Schneiderin, aabn Maadel für alles!

## LACHEN IS GESUND

Obs aah gesund macht, dos wass ich net, aber ich frah mich, doss meine Bücher aah in de Krankenhaiser gelaasen wardn. E gute Bekannte aus Klingethol war e lange Zeit im Zeisigwald-Krankenhaus in Chamtz und hatt sämtliche Bücher vun mir mitgehatt. »Sie gelaabn gar net, wie oft ich Ihre Geschichten gelaasen hob! Vergaabns zur Visite loos ich in Ärzten und in Schwastern aus Ihre Bücher vür, und die hamm sich net wänig amüsiert!« När mit welcher Fraad se mir dos drzeehlt hot. Sicher war ich dodrüber net stolz, aber ich fraa mich, wenn Patienten net bluss über ihre Krankiten drzeehln

und wer wass wos für Zeig ins Gespräch bringe. Schie isses, wenn se aah mol annere Saaten aufzinne und beim Lachen mitunter laut wardn. Ihr glabbt gar net, wie dos drleichtert, wenn Aagestautes off sette Art rausgelossen ward!

Im Luxus-Restaurant »Domino« in Halle sitzt dr Ingolf mit seiner Traudel und sogt ziemlich entrüstet: »Traudel, mein Teller ist total nass, gittigitt!« – »Sei still, Ingolf,« beruhigt ne sei Herzblattel, »das ist kein nasser Teller, das ist die Vorsuppe!«

An ner Ampelkreizing in Zwicke freegt e ältere Dame enn gunge Maa: »Sagen Sie mal, junger Mann, kann ich die Strassenkreuzung auch überqueren, wenn die Ampel Rot zeigt?« – »Sicher, aber Sie müssen vorher unbedingt Ihre Arme hochheben!« – »Warum denn solchen Quatsch?« – »Damit man Ihnen im Heinrich-Braun-Krankenhaus das Hemd besser ausziehen kann!«

Aah is Viechzeig kaa uns drheitern, und wenn die Tierle noch su klaa sei. Schwirrt e Flieg haarscharf an enn Spinnenetz vorbei. De Spinn, die in ihrn kunstvull gewebten Fliegnfänger off dr Lauer hängt und wart', doss sich e Flieg drinne verirrt, war ziemlich ärgerlich, weil is Abndbrot an ihr vorbeigesegelt is. Su bläkt se daare Flieg nooch: »Morgn drwisch ich dich, du altes Biest!« – »Vun waagn morgn«, lacht dos Fliegel, »ich bie e Aatogsflieg!«

Offn Wochenmarkt in Auerbach trifft dr Richard sein Freund Armin und taalt denn mit, doss ihr Schulfreind Julius gestorbn is. – »Mach när, dr Julius is gestorbn? Wenn ward dar dä beerdigt?« – »Dos dauert noch zaah Toog«, sogt dr Richard. – »Nu suwos, isses wuhl wing besser mitn wordn?« – Doss es in Auerbach sette dumme Mondkälber gibt, hätt ich aagntlich net gedacht!

»Nie wieder trink ich enn Schluck Alkohol«, kündigt dr Manfred sein Freinden aa. – »Und worum net?«, will sei Kumpel

Eddi wissen. – »Stell dir vür, gestern hatt ich enn in dr Kron, und do hob ich mei Schwiegermutter doppelt gesaah!«

Mama Elenor freegt ihr Herzblattel, in Sohn Willibald: »Nu, mei Schiener, wie is dä gestern dei Führerscheinprüfung ausgange?« – »Net gut, Mama, ich bie durchgefalln. Ich hob nämlich enn Geisterfahrer überhult!«

Kaum e gunger Mensch hot heitzetoogs noch Lust, enn Beruf ze lerne. De meesten möchten studiern, aah wenn de Intelligenz mannichmol hinten und vorne naushängt. Aaner vun die wänign, die gern e Lehrstell aanamme, is dr Ludwig. Dar lernt beim alten Maaster Hofgarten Frisär. Wie dar Gung in Herrn Windgassen schu paarmol mitn Rasiermasser e Wunde zufüget, wurds denn Herrn ze bunt und verlanget net geroode leise e scharfes Masser. Bekümmert freegt dar Lehrgung: »Sie wolln sich wuhl salber rasiern, Herr Windgassen?« – »Nein«, bläkrt in Ludwig aa, »ich möchte mich damit verteidigen!«

Im Raachnbach kimmt aaner ins Konfektionsgeschäft und sogt zur Verkaiferin: »Ich hätte gern ein fliederfarbenes Hemd«. Dos Maadel zeigt denn Kunde aans, aber dos war net fliederfarben genug. Se bietet ihm e zweetes Hemm aa, aber aah do hatt dar Aff wos draa auszesetzen. Die Maad wusst absolut nimmer, wos se denn Maa aabieten sullt. – »Im Schaufenster habe ich doch eins gesehen!« Se ginne naus, und dar Kunde zeigt off e bestimmtes Hemm. »Aber sagen Sie mal, das ist doch weiss«, sogt entrüstet dos Maadel. – »Meine Dame, soviel ich weiss, gibt es auch weissen Flieder!«

Im »Blaue Engel« in Aue zieht sich e Maa enn Mantel aa und will gieh. Vum Nachbartisch stieht e Herr auf, tritt an denn raa, verbeigt sich leicht und freegt: »Sie entschuldigen, sind Sie vielleicht der Herr Direktor Apfelstädt aus Zwickau?« – »Nein«, sogt dar Gefroogte. – »Das habe ich mir gleich gedacht, aber Sie ziehen gerade seinen Mantel an. Der Herr Direktor Apfelstädt aus Zwickau bin ich!«

Zwee Freinde unterhalten sich am Kiosk. Sogt dr Werner: »Mei Gung hot schu bei sein arschten Wort e dicke Lüg gesaat!« – »Wiesu dos?«, freegt dr Ben, »Wos saat er dä?« – »Papa …!«

## KAA ZIMMER FREI IN BETHLEHEM

In unnerer Sachsenfalder Gemeinde läft de Krippenspielprob off Hochtourn. De Weisen ausn Morgnland stinne offn Altarplatz und sogn ihre Rolln auf. De annern Spieler hamm sich in dr Kirch verkrümelt und sitzen irgendwu in ner Eck und lerne ihrn Text. Dr Herodes hockt off dr Kanzeltrepp, de Maria läft im Mittelgang vür und hinter, weil sichs beim Laafen lächter lerne lässt. Dr Althirt Arnos hälts lieber mit dr Dampfhaazing, weil dar dauernd friert. – Dr klaane Maik, dar mocht su siebn Gahr alt gewaasen sei, spielet in Wirt sein Güngsten und hatt lediglich enn Satz ze sogn. Wenn de Maria und ihr Joseph freegetn, ob se im Gasthuf in Bethlehem e Unterkunft kriegn könnten, musst dr Maik sogn: »Nein, bei uns ist kein Zimmer frei; von unten bis oben hinaus ist alles belegt!« Mehr hatt dar net ze sogn. Dos is zwar e winzige Roll gewaasen, aber dr Maik war stolz, mitspieln ze darfen. Drbei sei is alles! – Am Heilign Ohmd noochmittig war de »St. Markus-Kirch« gerammelt vull. Paar gunge Leit mussten sich sugar mit Stehplatz begnügn. Die standen off dr Empore und naabn dr Orgel. Komisch is dos schu, doss geroode zum Krippenspiel suviel Leit nei dr Kirch ginne, wie sunst is ganze Gahr net. Am Heilign Ohmd aber sei se do! Schu racht, mende kriegn se in daare

Stund vun liebn Gott enn Rammlerts, dar se in Richtung Glaabn in Beweging setzt! – Im arschten Bild soossen de Hirten üm ihr Feier, drzeehleten, läffelten ihr Packlesupp und hatten e aagnartigs Gefühl. Irgndwos loog in dr Luft, se wussten när net wos. Is zweete Bild zeiget Maria und Joseph offn Waag nooch Bethlehem. När wie dos Maadel an sein Joseph hing. Die Gute kunnt bald nimmer, su machet ihr dos Kind ze schaffen. Mit Müh und Nut schlaafet dr Joseph sei Weibel bis zum Wirtshaus. Und dort sullt dr klaane Maik sei kurze Szene hobn. Dr Joseph kloppet aa, und dr Maik als Wirtsgung mit enn blaue Schürzel kam raus und maanet offn Joseph seiner Bitt hie: »Nein, bei uns ist kein Zimmer frei; von unten bis oben hinaus ist alles belegt!« Und wie dar dos gesaat hatt, gucket er sich noch mol die zwee Jammergestalten vun ubn bis unten aa, su

doss ne is Mitleid übermannet. Dann saat dos Kind wos, dos gar net in seiner Roll stand, aber in sein Herzen: »Aber wisst ihr, wenn ihr wullt, gaab ich eich mei Zimmer; ich kaa drweile bei meiner Mama und bei mein Papa schloofen!« Do wurds ganz still in dr Kirch, dann aber üm su lauter. Applaus für e Kind, dos gesaat hot, wos es empfand! De Leit warn aagesprochen vun denn Gung und seiner innern Eistellung! Dos wünsch ich uns alln, doss mir e »Zimmer frei« hamm; e »Herz« also, dos für ärmere schleegt und Platz für sie hot!

# MAUSEN

Vürnaahme Leit sogn »Stehlen« drzu. Mir aber im Arzgebirg und im Vogtland sogn »Mausen«. Dos klingt zwar gewähnlicher, aber origineller. Waar meine Bücher liest, kännt ab und zu off denn Gedanken kumme: »Hier hot dr Schmidt is siebnte

Gebot net arnst genumme, hier hot'r gemaust, denn dos hob ich schu mol wu annersch gelaasen«. Moog sei, aber alle meine Anekdoten und Geschichten, fast alle, hob ich erlauscht, erzeehlt kriegt und dann aufgeschriebn. Und dann kaas passiern, doss ich dieselbn Geschichten und Witzle in ner Illustrierten oder in enn Buch laas, su doss ich denk: »Mensch, die bringe doch dos, wos ich geschriebn hob!« Do kännt mer sich freegn: waar hot itze vun annern gemaust? Ihr Leit, nammts gelossen, im Grund is dos kaa »Mauserei«, sondern dos sei Spaassle, die im ganzen Land bekannt sei und wettergereicht wardn. »Mauserei« is wos ganz annersch!

»Mauserei« is dos, wu meitwaagn huchgestellte Persönlichkeiten mit Rang und Name grusse Passagen für ihr Doktoraarbet vun enn annern seiner Aarbet oogeschriebn hamm. Wos die Dame und Herrn machen, wenn se sich mit fremme Faadern schmücken, nennt mer in dr Fachsprooch »Plagiat«, und dos haasst off Deitsch »Diebstahl geistigen Eigentums«. – Laast also mei Zeig getrost wetter, ich wüsst ja überhaupt net, vun wenn ich mir die oder gäne Erlaubnis huln sullt, üm wos ze schreibn. Ich drzeehl aafach wetter, wos ich här und gut. Und laast ihr mei Zeig mol in enn annern Blatt oder Buch, dann kännt dos wumöglich vun mir oogeschriebn sei. Also Leit, macht eich känn Kopp, ich mach mir aah kann! Drfür namm ich eich itze mit offn Klingetholer Bahnhuf. Dort stinne zwee Damen, ich möcht net immer Weiber sogn, und warten off de Vogtlandbahn, die vun Bähme nooch Zwicke fährt. Do traaten se nu und gucken in Richtung Brück, ob dos Baahnel bald kimmt. Kaane sogt e Wort. Peinliche Stille. Itze will die aane de annere in e Gespräch eibinden und sogt: »Ich gelaab, mir kriegn heit schienes Watter!« – »Mir aah!« Dos warsch. – Vun dr Bahn offs Schiff. Dr Oswald aus dr Goethestrooss hot e Kreizfahrt gebucht. Er stieht an dr Reling dr »Hiddensee« und sieht ziemlich ramponiert aus, weil sei Moogn verrückt spielt. Freegt ne dr Schiffsarzt, dar geroode sei Runde machet: »Na, mein lieber, wünschen Sie vielleicht ein Vorbeugemittel?« – »Naa, danke, wenns suweit is, beig ich mich salber vür«.

37

Wieder drham. Do is doch am schännsten, aah wenn net überool is Gelbe vun Ei ze saah is; zum Beispiel offn Aarbetsamt. Do ward aaner gefreegt: »Was sind Sie von Beruf, junger Mann?« – »Grosswildjäger!« – »Grosswildjäger?« – »Jawohl, meine Dame«. – »Und wo?« – »In Klingenthal«. – »In Klingenthal? Sie wollen mich wohl veralbern? In Klingenthal gibt es doch gar kein Grosswild!« – »Sehen Sie, deswegen bin ich ja auch arbeitslos«.

## POLITIKER

sollten so ehrlich sein, dass man jederzeit ein gebrauchtes Auto von ihnen kaufen könnte

*Thornton Wilder*

## ALLES MACHT MER VERKEHRT!

Dos gehärt aber ze unnern Berufsrisiko drzu. Du kasst machen, wos du willst, immer machst du dei Sach net richtig. De Leit finden aber aah immer wos, wu se dich kritisiern känne. Kaa Wunner, doss mannicher Pfarrer sein »Heilign Zorn« kriegt! Losst mich mol paar Beispiele aafühm: Predigt dr Pfarrer mol fümf Minuten länger, dann isses langweilig. – Wenn er bei dr Predigt laut räd't, dann schreit er. – Spricht dar arme Karl normal, isser net ze verstieh. – Hot dr Pfarrer e Auto, isses ze grussprotzit, e Klänneres täts aah. – Hot'r kaa Auto, gieht er net mit dr Zeit. – Macht dr Pfarrer Hausbesuche, isser nie drham aazetraffen. – Wenn er drham is, gieht er net unter de Leit. – Rufft'r ze Spenden auf, isser e Battelgusch. – Richt' er de Kirch haar, haut'r is Gald zum Fanster naus. – Lässt er nischt aarichten, lässt er alles verkümmern. – Iss'r gung, hot er kaa Erfahring. – Iss'r alt, sullt er baldigst enn Güngern Platz machen. – Wenn'r stirbt, dann is niemand do, dar ne drsetzen ward. – Ihr Leit, mir arme Pfarrer känne aber aah niemand wos racht machen! Immer finden unnere Schaafle wos, wurüber se meckern känne!

## WOS ES NET ALLES GIBT!

In de dreissiger Gahre fand in Berlin e grusse Cocktail-Party statt. Alles, wos Rang und Name hatt, hot sich do getroffen. Die Eilooding ging übrigens vun französischen Botschafter aus. Unter denn illustren Gästen befand sich aah e hoher Geistlicher ausn Vatikan. Dar unterhielt sich reichlich mitn Botschafter aus Frankreich. Und, weil sichs bei ner Zigarett lächter plaudern lässt, bringt dr Botschafter sei Etui raus und but in Periletti aane aa. Dar langet zu, und wos soogn seine Adleraagn? Im Etui e gunges Maadel im Evakostüm. Dos war natürlich Wasser off de Mühl vun Herrn Periletti, und dar reagieret prompt und lächelt drbei: »Charmant, Ihre Frau Gemahlin?«

# WELCH GLÜCKLICHER TOOG!

Domols stooken mir noch in tiefer DDR-Zeit, als in Chamtz e Pfarrkonvent aagesetzt war, für denn sich de meesten Pfarrer net drwärme kunnten. Es ging wieder mol üm dos leidige Thema Gald. Speziell sullt de Kirchnsteier aagesprochen wardn. Wie känne mir die wirkungsvuller eitreibn? Und wos känne mir dr Gemeinde sogn, wenn mir se wing hächer setzen wolln? Die Froogn sullten e Antwort erhalten. In Pfarrer Krautmann passt dos Thema gar net, aber wos sulls, er fährt halt trotzdam lus. Schliesslich wullt er in Sup sein Zorn net off sich looden. Su startet er sein Trabbi, kimmt aber net weit. Kurz vürn »Chamtzer Huf« bläbbt sei Plasteschachtel stieh und sogt kann Mucks mehr. In dr Warkstatt, die net weit wag is, sogt dr Maaster Kleinhempel: »Ja, Herr Pfarrer, Ihre Dichtung is im Arsch!« Glücklicherweise kunnt se drsetzt wardn, denn in dr DDR warn Ersatztaal aah e Problem. Nooch daare Unterbraching ging de Fahrt wetter, und er kam an sei Ziel. – Off dr Trepp zum Luthersaal kimmt ne dr Pfarrer Hesse entgegn und maant mit enn gewissen Strahln im Gesicht: »Bruder Krautmann, am Hauptbahnhof wärdn Klo-Becken angeboten! Brauchen Sie keens?« Schwupp, macht dr Krautmann in Hesse nooch, üm e Klo-Becken ze drgattern. Dr zweete Erfolg an denn Toog! Dichtung und Klo-Becken, dos gibts net ze jeder Zeit! – Endlich sitzt dr Krautmann dort, wuhie er aagntlich wullt: unter seine Brüder mitn Sup an dr Spitz! Haase Käpp bei ner lebhaften Debatte. Wider Erwarten ging aber alles ganz friedlich über de Bühne. – Als dr Krautmann ohmd in sein Bett liegt, zinne die Bilder vun enn bewegten Toog noch mol an ihm vorbei. Und dar gute Pastor darf feststelln: Kaputte Dichtung ersetzt kriegt – Klo-Becken drwischt, aah wenns is letzte war – de Kirchnsteierprobleme sorgfältig durchgehechelt! Wos für ein erfolgreicher Toog!

# O, WALTER!

Bleibn mir noch paar Minuten in dr Ulbricht-Aera. Vergassen waar ich net, wu er saat: »Das Ding muss weg!« und maanet de Universitätskirch in Leipzig drmit. Und als dr Martin Niemöller sein zweeten Besuch bei ihm machet, saat dr Walter hinterhaar: »Genossen, der Kerl soll mir nicht noch einmal unter die Augen kommen!« Kaa Wunner, denn dr Niemöller hot Fraktur mitn Herrn Ulbricht gerät'! – Üm su mehr isser in Mao-Tse-Tung bald nei sein Hintern gekrochen. Emol war er bei sein Freind an dr Chinesischen Mauer ze Besuch, aah sei Lotte hatt er mit, do freecht'r im Lauf des Gesprächs in Mao: »Saach mal, Genosse Mao, habt Ihr in China auch noch Gegner des Sozialismus?« – »Ja, mein lieber Genosse Walter, die haben wir leider immer noch!« – »Kannst du mir vielleicht mal sagen, wieviel das sein könnten?« – »Na, ich schätze so 17 Millionen kommen da zusammen«. – »Ach ja? Also mehr sind es bei uns auch nicht, nicht wahr Lotte?«

Hinnewieder goobs in dr DDR verschiedene Engpässe. Mol hot dos gefaahlt, mol gäns. In de sachziger Gahre war de Buttermillich knapp, hauptsachlich in Sachsen. Do goobs pro Mann enn halbn Liter. Kasst bluss mitn Kopp schütteln. – Net vergassen waar ich denn Weihnachtsmarkt in Berlin, wu Brootwurscht, Schaschlik und Schnitzel Fremdwörter warn. Als Ersatz hamm se Grützwurscht aagebuten, wu mir aah »tute Oma« drzu sogn. Dann kunntste natürlich Fratzer kriegn. Ach, du wasst net, wos dos is? Dos sei Kartoffelpuffer.

In enn Gahr hings mit dr Butter naus. Schlimm! De annere Seit war die, doss üms Handümdrehe de Witze wie Schwamme aus dr Aard geschossen sei. Do warn mir off Zack, su doss de Westdeutschen sich gewunnert hamm, doss mir de DDR su schnell in de Witze huchlaabn liessen. Seid de DDR wag is, sei aah de Witze wag. Fast.

Aaner vun de Witz-Erfinder liess in Walter folgendes sogn: »Wenn unsere Feinde behaupten, wir hätten keine Butter, so ist das wieder eine dieser typischen Hetzereien aus Westdeutsehland! Natürlich haben wir Butter, ja? Wir haben bloss im Moment kein Papier, um sie einzuwickeln!«

Mei Onkel Kurt und mei Tante Marie wuhnten in Leipzig off dr Könneritzstrooss. Ubn am Elsterflutbecken ging mei Tante in e Elektrofachgeschäft und trug in Verkaifer ihrn Wunsch vür: »Junger Mann, ich hätte gern bei Ihnen eine Kühlbox bestellt«. – Dar Verkaifer gucket mei Tante gruss aa und saat nooch einign Zögern: »Meine Dame, Sie sind doch gewiss schon Rentnerin?« – »Ja, aber was hat denn das mit der Kühlbox zu tun?« – »Sie werden vielmals entschuldigen, aber das werden Sie nicht mehr erleben! Wenn die Box geliefert wird, da liegen Sie bereits auf dem Südfriedhof!«

## THEOLOGEN UND ANNERE BLÜTEN

In Klingethol bewirbt sich de Henriette üm e Aarbetsstell. Se möcht bei Eisenreichs als Putzfraa eigestellt wardn. Dr Eisenreich guckt de Henriette vun ubn bis unten aa und sogt vuller Zweifel: »Liebe Frau Henriette, es mag alles schön und gut sein, aber wenn ich Ihre Körperfülle in Augenschein nehme, kommen Sie mir ziemlich unbeweglich vor!« – Schloogfartig donnert de Henriette zerück: »Aber Herr Eisenreich, soll ich bei Ihne putzen oder soll ich Ihne wos vürturne?«

Off de Auerbacher »Golan-Höhn«, su nenne mir scherzhafterweise is Neibaugebiet oberhalb dr Stadt, wuhnt de Braatenmüller-Elisabeth. Kimmt ihr Nachbarn, die vun dr Neigier regelrächt hamgesucht ward und freegt: »Frau Breitenmüller, warum haben Sie denn Ihrem Untermieter gekündigt, der war doch immer so nett und zuvorkommend?« – »Dos mog alles schie und gut sei, Frau Anspach, aber wenn aaner schu sei Schlüsselloch zuklabbt, dann gieht dos wirklich ze weit!«

Ämter. Wohl dem, dar net dort nei muss! Ich krieg jedes Mol Angstzustände, wenn vun denne e Brief kimmt! Wos wardn se da heit wieder hobn? Vorne draa stieht is Finanzamt! In mein Fall sog ich net, in welcher Stadt sich dos zugetroogn hot, weil ich net gerichtlich belangt wardn möcht. Jedenfalls stinne vür denn besogten Amt zwee Vampire. Sogt dar aane zum annern: »Geh bloss da nicht rein, die saugen selber!«

Beim Toni und seiner Anchi siehts do schu annersch aus. Die warn ze ner Familienfeier eigelooden. Do hot dr Toni net gesaugt, dar hot gefrassen wie e zaah-käppite Raup. Zum fümften Mol hult dar sich enn Taller vum Buffett, dar gerammelt vull war. Do zischt ne sei Anchi aa: »Jetzt hör aber endlich auf, was sollen die Gastgeber denn von uns denken!?« – Dr Toni lächelt sei Anchi aa und sogt mit beruhigender Stimm: »Keine Sorge, mein Herzchen, ich sage allen, es sei für dich!

Vürsichtig nimmt dr Psychiater Menzbacher de Händ seiner Patientin in seine Händ, lächelt se aa und sogt freindlich: »Aber natürlich sind Sie gesund, Frau Frankenbein, aber eine Sache würde mich dennoch interessieren!« – »Und das wäre?« – »Wann entdeckten Sie, dass Napoleon Sie betrügt?«

Is gibt Theologen, die mit de Wunner dr Bibel nischt am Hut hamm. Die känne zum Beispiel net gelaabn, doss Jesus in Kana aus Wasser Wein machet und doss er iu Lazarus auferweckt. Aabnsu schwaar tunne se sich mit dr Sturmstillung offn See Genezareth. Und doss er salber auferstanden is, will aah net nei ihrer hirnverbrannten Rieb. Su fange die Gescheiten aa, de Wunner dr Bibel ze entkräften. In ihrer Fachsprooch nenne se dos geschwolln »Entmythologisieren«. – Su e neimolkluger Entkräfter stieht vür seine Studenten und eiert rüm: »Meine Damen und Herren, das Ertrinken der Ägypter im Roten Meer dürfen Sie nicht so wörtlich und ernst nehmen, denn im Schilfmeer gab es Stellen, an denen man bequem stehen konnte«. – »Halleluja«, rief aaner dar Studenten, »was haben wir bloss für einen grossen Gott, der in solch seichtem Gewässer die ganze Ägyptische Armee ertrinken lassen konnte!«

Offner Diskussions-Versammling in Berlin, wu sich alles, wos Rang und Name hatt, getroffen hot, war e ziemlich grusses Publikum aagetraaten. Do war aber aah alles drbei, vergaabns Kirchngegner. Zufälligerweise sooss su e Atheist naabn ne Bischof. Aa Wort gob is annere, und dann freeget dos Rotzgungel in Bischof: »Herr Landesbischof, glauben Sie wirklich, dass Jona von einem Walfisch verschlungen worden ist?« Dos Miststück wullt in Bischof in Verlaagnheit bringe. Doch dar saat ganz gelossen: »Wenn ich im Himmel bin, werde ich ihn fragen«. – »Was aber, wenn sich Jona gar nicht dort befindet?« – »Dann müssen Sie ihn fragen!« – Kapiert? Gut.

Auf nooch Braunschweig! Vun dort kimmt net bluss die bekannte Wurschtsorte, die mir als »Braunschweiger« hanneln känne, dort gibts aah e Museum mit ner stattlichen Aazohl vun Gipsfigurn. Als de Landessynode in dr Stadt taget, benutzten etliche dar Pfarrer mit ihrn Ehehälften die Gelaagnheit, sich in denn Säln wing ümzegucken. Wann kumme die schu mol vun ihrn Land nei dr Stadt. In denn Geschwoodel befand sich aah dr Pfarrer Berghaus mit Gemahlin. Erstaunlicherweise is denn sei Gesicht vun enn Saal zum annern immer finsterer wordn, wos mer vun seiner Fraa net sogn kunnt. Im Gegntaal, die ging beschwingt vun Bild ze Bild, vun Figur ze Figur. Schuld warn die nackiten Gestalten, die in Berghaus su aufregeten. »Denen hätten sie wenigstens ein Feigenblatt anlegen können«, brummelt'r vür sich hie. Vür dr Venus war sei Butt vull, und er machet sein Herzen Luft: »Isabelle, Gott sei Dank, du bist nicht so!«

Berlin-Kreizbarg! Dort sei net bluss de »Nächte lang«, dort gobs aah e Schul, in daare dr Direktor vun enn verärgerten Vater in intressanten Brief krieget. Dos war im Frühgahr 1950. Do kunntste folgendes laasen: »Verehrter Herr Direktor, das Turnfräulein mit Namen F… hat meiner Tochter Margarethe gestern nicht austreten lassen, und Margarethe ist schmutzig nachhause gekommen. Ich bitte Sie dringend, das betreffende Fräulein klarzumachen, wenn der Mensch die Notdurft muss einhalten, was da für folgen können kommen. Ich bin auch nur in eine Volksschule gegangen, aber wir haben den menschlichen Körper und ihre folgen gelernt. Also bitte ich den geehrten Fräulein, in Intresse aller Kinder diese Unfreundlichkeit fort zu lassen, wo nicht, muss ich andere Massregeln treffen und aus der Landeskirche austreten«. – Su wars Aafang Juli 1950 in dr »Neie Zeit« ze laasen.

## SCHEINT DIR AUCH MAL DAS LEBEN RAU,

sei still und zage nicht. Die Zeit, die alte Bügelfrau, macht alles wieder schlicht

*Wilhelm Busch*

## »ITZE SCHLEEFT DR PASTOR EI«

Su haasst mei arschtes Buch, dos ich 1978 geschriebn hob. Dann loogs vier Gahr irgndwu verwahrt, bis es 1982 gedruckt wordn is. Su war dos in dr DDR; do laabeten mir nooch denn Bibelspruch: »Fasset eure Seelen in Geduld«! Heitzetoogs dauerts kaa Gahr. Hob ich im Februar mei Buch geschriebn, kaa ichs am Heilign Ohmd untern Christbaam legn. Su aafach is dos.

Nu hot mei »eigeschloofener Pastor« im Lauf dr Gahre Moos aagesetzt, denn dar is alt wordn. Und wie ich denn Looden kenn, ward dar »alte Pastor« nimmer aufgelegt. Verstieht sich, denn meine Bücher sei Mundartbücher und wardn när in ner bestimmten Region gelaasen. Waar liest schu in Lübeck oder Saarbrücken arzgebirgische Geschichten? Mich wunnerts überhaupt, doss die Bücher su gut ginne! Weil aber de Noochfroog immer wieder mol gestellt ward, wärm ich paar Dinger ausn Arschten auf und gaab se im Zeitrafferstil an eich wetter. Su drzeehl ich eich wos vun unnern Mannerchor am »Paulinum«, vun dr Hochzig und vun enn Leichnauto. E tollere Mischung kaas wirklich net gaabn!

## CHORFAHRTSQUARTIERE

Mit unnern Chor fuhrn mir jedes Gahr im Oktober off e zweewöchige Liederraas. Mol nein Süden, mol nauf in Norden. Untergebracht warn mir jeden Ohmd bei Privatleit. Mol war ich bei enn Zahnarzt, mol bei ner Lehrerswitwe oder bei enn Bauer. Vergaabns bei enn Tutengraaber hatts mich neigeführt. Dauernd musstest du deine Gefühle wachseln und dei Sprüchel aufsogn: Wu kimmste haar – wos warst du vun Beruf – worum bist du offs »Paulinum« gange – wos is dos für e Schul …? – Losst mich itze paar Quartiere präsentiern, und markt eich aans: När waar nauskimmt, lernt de Menschen und de Walt kenne!

## NAUMBURG

»Lieder der Christenheit aus aller Welt«! Dos war unner jährliches Motto in dr zweeten Oktoberhälft. Am arschten Ohmd trooten mir in Naumburg auf, wu ich in ner Fahrroodhandlung nächtign tat. De Frau Krönert, su hiess mei Gastgaabern, hatt mir mei Bett in aaner Nische vun Wohnzimmer haargericht. Nooch ne Liederohmd bie ich aah gleich ze Bett gange; zug mich aus und, wie's dr Schmidt vun drham aus gewohnt war, hänget ich an jeden Stuhl wos annersch naa. Hier de Hus, dort is Hemm, off enn Hocker hauet ich de Socken hie, die enn Hauch Edamer an sich hatten. När wie ich dos Wohnzimmer aageputzt hatt! Offn Tisch stand dr aufgeklappte Koffer, in denn mer bluss noch eizesteign brauchet und ab gieht de Post. Klaaner-Muck-verdachtig! Ich zug mir aber is Bett vür, und es dauert' net lang, war ich im Traamland! Dort war ich allerdings noch net weit gewannert, als jemand an mein Bettzippel zerrit. Domit aber net genug, dar Jemand zug mir de Bettdeck wag und freeget: »Was machen Sie denn in meinem Bett?« Schloogartig befand ich mich wieder in dr Wirklichkeit und war munter wie e Fisch im Wasser. Ich freeget die Stimm, wos sie da in mein Bett ze suchen hätt. Nooch-

dem dos ubekannte Waasen Licht machet, soog ich e Maadel vun etwa zwanzig Gahrn vür mir. Mir müssen uns aageguckt hobn wie zwee Ziegn, wenns donnert. Nooch fümf Minuten hatt sich alles in Wohlgefalln aufgelöst. Krönerts hatten e Tochter, die in Leipzig Medizin studieret. Jeden Sunnohmd kam die ham ze ihre Eltern, weil aber de Uni e verlängerts Wochenend spendieret, isse schu am Freitig drham eigetrudelt. Dos wussten aber ihre Eltern net und machetn mir ihr Bett zeracht. Bettina hiess dos schiene Kind übrigens. Ihr Mutter hatt alles richtig geplant, aber oft kimmts annersch als mer denkt. Und weil de Bettina ihre Eltern net wecken wullt, schlich se in dr Finster ze ihrn Bett und musst die Feststelling machen: Belegt! Freilich sei mir uns aanig wordn. De Schiene schlief off dr Couch, und is Biest in ihrn Bett. Denk ich mol an Naumburg, dann här ich net bluss de Saale platschern oder saah de Uta im Dom vür mir, dann zieht aah de Bettina an mir vorbei, in daare ihrn Bett e fremder Maa loog.

## NAUEN

Wie gesaat, mol gings nooch Süden, mol nooch Norden. In Nauen sange mir am Noochmittig, su doss ich när e Mittoogsquartier brauchet. Mit mein Zimmerkumpel Armin war ich am Stadtrand bei enn Bauernehepaar ze Gast. Dort warn mir sofort drham! E gut gefüllter Staaguttaller is mir zaahmol lieber als e School aus Meissen, wu de dei Assen mit dr Lupe suchen musst! Frech, galle? Naja, wing Übertreibing is halt fürs Lachen gut. Die gute Seel vun Fraa hatt für uns sugar e Ant' geschlacht und saat am Tisch: »Nun essen Sie man richtig! Es darf nichts übrigbleiben! Sind Sie man nicht blöde!« Dr Armin und ich guckten uns aa und lacheten drackit. Die Aufforderung zum Assen fanden mir schu richtig, aber doss mer gleich »blöde« sei soll, wenn mer net genug isst, wullt net su nei unnere Käpp. Vielleicht is dos aber hier in dr Priegnitz e Redensart, die mir im Arzgebirg und im Spreewald net in unnern Wortschatz hamm. Jedenfalls saat ich ze unnerer Hausmutter:

»Also liebe Frau Klunte, seien Sie unbesorgt, wir werden Ihnen zeigen, dass wir normal sind!«

Dodrmit hob ich ihr ze verstieh gaabn, doss vun denn Antel hächstens is Geripp übrig bläbbt. Dann sei mir über denn Vugel haargefalln wie de Raiber aus de Bremer Stadtmusikanten. Es hot net lang gedauert, do war nischt mehr ze saah vun daare lukullischen Schönheit. Alles wag! Normale Leit! Für schienes Watter war gesorgt! – Wu aber wos neikimmt, will aah wos rauskumme. Drüm freeget ich e halbe Stund drauf, wu dos Haisel wär, dos e klaanes Herzel in dr Tür hätt. Unner Gastgaabern wusst sofort Bescheid, wurd wing verlaagn und saat: »Tja, das ist bei uns so: Gehen Sie auf den Hof, dort werden Sie es sehen. Bei uns ist das nicht so vornehm wie bei Ihnen in Berlin. Also gehen Sie, und haben Sie keine Bange, wir gucken nicht!« Du Ugelück! Wos sullt dä dos hassen: »Wir gucken nicht!«? Ich bie üm denn Misthaufen nümgeloffen und soog ze guter Letzt wos liegn, dos kunnt bluss dos gewisse Örtchen sei. Do loog also naabn ne Misthaufen e alter Klaaderschrank off sein Buckel und ubndrauf seine Türn. Ich hub su e Tür aa, und siehe do: e Brill! Dos wars also. Aafach, ugewähnlich, aber praktisch. Statt Toilettenpapier loogn paar zammgekriebelte Blätter ausn »Priegnitz-Aazeiger«. Mer musst die zwee Schranktürn nooch ubn klappen, sich draufsetzen und die Türn wieder an sich naalaahne. Vorn, hinten und ubn war mer frei. Gut, doss wänigstens de Seiten Schutz goobn und ich de Zusichering hatt: »Also gehen Sie, und haben Sie keine Bange, wir gucken nicht!«

## GÜSTROW

Wuraa denkst du, wenn de Güstrow härst? Jawohl, an Ernst Barlach und sein »schwebenden Engel«. Als mir dort im Dom gesunge hatten, suchet ich mei Quartier auf und troof off e Familie, daare ihr Hausvater in enn Bäckerei-Grussbetrieb Schichtmaaster war. Noochn Konzert soossen mir im Wohnzimmer besamm und drzeehlten des und gäns. Ich market sofort, doss in daare Familie dr »Schichtmaaster« is Wort führt, denn sei Fraa und zwee erwachsene Gunge hielten sich bewusst zerück. Leider hot dar Hausvater in seiner Rederei gehärig übers Ziel nausgeschossen. Ich hatt wieder mol mei Sprüchel aufgesaat und bemarket, doss jeder »Pauliner« vür sein Studium enn bürgerlichen Beruf ausführet. Ja, und itze möchten mir Pfarrer oder Prediger wardn. Do freeget is Familienoberhaupt: »Da haben Sie also Ihren Beruf an den Nagel gehängt. Hatten Sie keine Lust zum Arbeiten mehr?« Ihr Leit, do hatt ich mein Kanal vull. Suwos muss mer sich als Gast sogn lossen! Dar Maa muss Job und Berufung völlig durchenanner gehaa hamm. Setten Leiten müsst mer ins Gesicht schleitern: »Sie sagen es! Wozu soll man arbeiten, wenn man auf einer Schule ein angenehmes Leben führen kann?« Ich hob nischt gesaat und schlucket denn sei Frechheit nunter. Bei daare Froog bliebs aber net, is wurd noch schänner! Dr Höhepunkt seiner Frechheit war erreicht, wu er mich freeget, ob mir uns überool, wu mir singe, bei fremde Leit »durchfressen« täten? Do sei seine Gunge aufgestanden und gange, und sei Fraa musst is Heiln unterdrücken. Ich freeg mich heit noch, worum su e Familie Gäst aufnimmt!

## SCHNEEBERG

Arzgebirg – Haamitland! Dort wehet e annerer Wind als in Güstrow. Do kunntste reden, wie dei Schnoobel gewachsen is. Do warst du aabn drham! In Schneebarg wars wie in Nauen, do brauchetn mir bluss e Quartier fürs Mittoogassen, weil mir am Ohmd in dr Ritterschgrü gesunge hamm. E altes gutes Mütterle nahm mich auf und sorget für mich als wenn ich sei Enkel gewaasen war. När wie die mich betaa und bemuttelt hot! Ich glaab, die war fruh, doss se mol jemand su richtig verwähne kunnt. Und ich hob mir dos gefalln lossen, hobs su richtig genossen! Wie ich mein Schweinebrooten su genüsslich neischmatzet, musst ich an die Grussgusch in Güstrow denken. Wos tät dr Herr Schichtmaaster wuhl itze ze mir sogn? Pfeif drauf, mei Oma war fruh, doss mirs schmecket. – Seltsam is dos schu, in Nauen wie in Schneebarg, doss mer hinnewieder in Schwierigkeiten gerooten kaa, wenn mer noochn »Kaiser seiner Fussgängerzone« freegt. In beeden Städten spieleten de Ümständ verschiedene Rolln. Stellt eich mol vür, die arme Fraa hatt in ihrer Wuhning kaa Toilette, also kenn Raum, wu mer sein körperlichen Müll entsorgn kunnt. Vun enn Bad gar net ze reden. Daare Guten ihr Abortbrill stand mitten in dr Küch zwischen Kochherd und Küchenschrank. Hätt ich gewusst, wos hier ooläft, hätt ich net gefreegt und mei wing Zeig durch de Rippen geschwitzt. Mein alten Mütterle war dos sehr fatal, und ich freeg mich, wos hamm die Stadtväter in de sachziger Gahr daare arme Seel bluss für e Wuhning zugemutt'? Und dos ze daare Zeit, wu se dauernd rümpranzeten, doss »im Vordergrund dr Mensch stieht«! Moogs gewaasen sei, wies will, ich kunnts verkraften und waar dos liebe Weibel in seiner Aufnahmebereitschaft net vergassen! Hier halt ichs mitn Kai Pflaume, wenn dar sogt, doss när »de Liebe zeehlt«!

# OLBERNHAU

Dos liegt im mittlern Arzgebirg, net weit vun Seiffen, dr Hochburg dr Schnitzer und Dreher. Net übersaah will ich de Seiffener Kirch, de Miniaturausgoob dr Frauenkirch in Draasden. Dort hamm mir aber arscht am nächsten Toog gesunge. Heit sei mir in Olbernhau! Dort hatt ich mitn »Pony« e Doppelquartier bei enn »Puddingfabrikant«. Moment, itze muss ich wos begraatign, denn »Fabrikant« is geprahlt und ziemlich huchgestapelt. Die »Fabrik« war e Familienbetrieb mit fümf Beschäftigte: Is Ehepaar, de Schweegern und zwee Pulvermischer. Und wos in »Pony« aagieht, dar haasst Manfred Domrös, stammet aus Berlin, hatt aber vun »Berliner Schnauze« absolut nischt vürzeweisen, im Gegntaal, dar war freindlich, zevürkummet und hilfsbereit. Und mit seine 1,99 Meter hatt dar mit enn »Pony« aah nischt gemein. Speeter war dar Gute Jugendpfarrer in Potsdam und etliche Gahr Pfarrer off Hiddensee. Und mit denn war ich in Olbernhau in ner Puddingquetsch untergebracht. Selig und vergnügt stiegn mir noochn Konzert bei unnere Gastgaaber dr Trepp nauf. Und wie's in manniche Haiser nooch Abort riecht, duftets bei uns nooch Vanille, Himbeer und Mandeln. Aber in unnern »Schloofzimmer« arscht, dos e Puddinglager mit zwee Betten war, do standen Regale vuller Tüten, Schachteln und Napple. An su e Regal rammlet dr »Pony«, und paar Tüten ergossen sich über uns,

su doss Nachtgespenster nischt gegn uns warn. Heit lacht mer do drüber, domols hätten mir wie Schlosshünd heiln känne. Statt geschloofen hamm mir geputzt, denn unnere schwarzen Aazüg mussten am nächsten Toog wieder eisatzbereit sei. Unner Chor gucket net schlacht, als mir zum Bus kame, denn unnere Klamotten warn vun enn weissen

Hauch überzugn, dar entweder an Raureif oder an Vampire denken liess. Dr ganze Bus roch nooch Puddingpulver, und mir brauchetn fürn Spott net ze sorgn!

## DEMMIN

Dos liegt net weit vun Kummerow, wu de Heiden ihr Uwaasen getriebn hamm. Net weit wag is dr Kummerower See, und dort hatt ich e intressantes Quartier. E gunge Zahnarztfamilie nahm mich auf, die aus Vater, Mutter und Kind bestand. Dos Gungel war fümf Gahr alt und hiess Jonathan. Dos warn Leit nooch mein Geschmack, die aah mit ins Konzert gange sei. Drham hamm mir uns noch e Weile unterhalten und zwar ganz annersch als in Güstrow. Und Puddingpulver kunnt mich aah net mit Raureif überzieh. Dr Munterste war dr Jonathan. Wos dar alles wissen wullt! Als sei Mutti, zum Aufbruch bloosen tat, freeget dar Gung, ob er mit mir in de Ehebetten schloofen dürft. Aah dos noch! E fremmer Maa mit enn klänn Kind in de Ehebetten! De Eltern gucketn sich aa, und weil se mir nischt Bieses zutraueten, goobn se Grünes Licht. Und dr Jonathan strahlet. An und für sich wullten se beim Zahnarzt zwee »Pauliner« namme, kriegetn aber bluss enn, weil sich sehr viel Quartiergaaber gemaldt hatten. Insufern hot dos platzmässig mitn Jonathan und mir gepasst. Aagntlich warn de Eltern platt, denn sätte Klänge hatten se vun ihrn Sprössling noch net vernumme, dos war e Novum. »Ich möchte mich mit dem Onkel noch bisschen unterhalten«, saat dr Junior ganz treiherzig. Dann loogn mir naabnenanner, dr Jonathan und ich.

Nooch ner klänn Pause gings lus. »Onkel?« – »Ja?« – »Du hast eine schöne Stimme!« – »Danke, das freut mich zu hören!« – »Ich hab dich aus allen herausgehört!« – »Das hast du ja gut beobachtet, Jonathan!« Pause. »Onkel?« – »Ja?« – »Isst du immer so viel?« – »Ob ich was ...?« – »Ob du immer so viel isst?« – »Hab ich viel gegessen?« – »Ja, sehr viel!« – »Hat das deine Mutti gesagt?« – »Nein, meine Mutti wäre froh, wenn ich auch so viel essen würde. Ich esse zu wenig«. – »Das sieht

man uns beiden auch an, nicht wahr?« – »Kommst du uns wieder besuchen, Onkel?« – »Soll ich?« »Ja, ich mag dich gut leiden!« – »Danke, Jonathan! Vielleicht führen uns unsere Wege wieder einmal zusammen. Aber jetzt möchte ich mit dir noch ein Abendgebet sprechen, darf ich?« – »Ja!« – Do in Eltern ihr Zimmer an unners aagrenzet und de Tür bluss aagelahnt war, kunnten die alles, wos mir drzeehlten, härn. Kaa Wunner, wenn hinnewieder e leises Lachen ze härn war. O Jonathan! Gutes klaanes Kind! Aah, wenn ich mich geschaamt hob dar vieln Asserei waagn, aber denn hot dos net im Geringsten gestärt, dar hot lediglich festgestellt. Im Moment bie ich drauf und draa mei Gewicht ze reduziern. Do ass ich nimmer su viel. Leider kaa ich dos denn klänn Jonathan, dar mittlerweile e reifer Maa wordn is, nimmer sogn.

## DREI ROOTSCHLEEG

Seit längerer Zeit gaab ich gunge Leiten, die heiraten wulln, paar Rootschleeg mit, die zwar när is Aissere betraffen, aber aah dos muss sei. – Dr arschte Rootschloog bezieht sich offs Ringaastecken. Bei uns steckt net dr Pfarrer denn Brautleiten de Ring naa, dos machen die salber. Nu sog ich, se solln ja de Ring net bis hinter rammeln, weil mannichsmol is Knöchel zum Hindernis ward. Vun Knöchel wag soll jeder salber dann sich denn Ring naaschiebn. Worum sog ich dos? Weil ich wass, wie gunge Leit sei. – Emol hatt e Braitigam seiner Liebsten bald is Fingerle gebrochen, su hot dar an denn zarten Handel rümhantiert. Bei denn Gewürg is ne dr Ring runtergeflochen und übern Altarplatz gekollert. Su ein Durchenanner, dos itze lusging. Dr Braitigam knieet sich hie und suchet wie e Waltmaaster. Aah ich bücket mich und suchet mit. Drbei hob ich

mit mein Talar in ganzen Altarplatz gekehrt, aber kenn Ring gefunden. E Blumestraamaadel is mir offn Talar getraaten, su doss ich dr Läng lang hiegeflochen wär, wenn net dr Brautvater mir Hilfestellung gaabn hätt. De Butt is vull wordn, wu ich im Hintergrund härit, wie jemand saat, dos muss aane vun de Grossmütter gewaasen sei; »Dos is e schlachtes Zaagn! Dos is e Aazaaching! Wer wass, wos denn Pärchen noch passiert!« Dos Gekaas hot mir geroode noch gefaahlt, su doss ich saat: »Wos Dümmers fällt dir wuhl aah net ei! Altes Gemaahr!« Ich gelaab, dos ganze Theater hot su fümf Minuten gedauert, dann kunnt de Trauhandlung wettergieh. – Dr zweete Rootschloog gieht is Handgaabn aa. Aah hier gibts hinnewieder Probleme. Wenn ich saat: »Reicht einander die Hand«, dann hamm die zwee Eseln sich net de rachten Händ gaabn, sondern de rachte und de linke, als wullten se spaziern gieh. Peinlich, wenn mer die Händ wieder ausenannerruppen muss; aber wos sei muss, muss sei. – Ja, und wos in dritten Rootschloog aagieht, dos isses Hiekniee. Off dr enn Seit hättste dich zerruppen känne vür Lachen, wenn de die zwee Schiessbudenfigurn hast kniee gesaah. Die knieten ja gar net, die loogn dort, als wullten se is Schiessen lerne. Und off dr annern Seit hättste dich argern känne, weil de dich kaum runterbücken kunntst. – Drüm gaab ich denn gunge Leiten, wenn se zum Traugespräch kumme, die drei Rootschleeg mit, denn is Ringaastecken, is Handgaabn und is Hiekniee will gelernt sei!

## MEI SUP DRZEEHLT ...

Mein Sup hob ichs ze danken, doss ich 1969 nooch Markersbach kumme durft. Waar mei Sup domols war? Dos war dr liebe Ernst Gersdorf in Aue. In de sachziger Gahr hattens de »Pauliner« schwaar, in Eigang nooch Sachsen ze finden. »Pauliner« und Pfarrer in Sachsen? När Im Kriegs- und Ernstfall! Worum, wass ich aah net. Vielleicht warn mir net gescheit genug, warn kaane Studenten, sondern bluss Schüler? Jedenfalls saat unner Oberrat Schröter in Berlin: »Wenn die so doof sind in Sachsen, dann kommt doch zu uns!« Und do sei de Sachsen ausgewannert nooch Thüringen und Berlin-Brandenburg. Ze die Auswanderer gehärit aah ich. Und die warn fruh, doss mir kame! Do mei Fraa und ich »Nordische« sei, zugn mir uns Berlin-Brandenburg vür und warn fümf Gahr in Rollwitz in dr Uckermark, enn Kilometer vür Pasewalk, dort ging Pommern lus. Nooch fümf Gahr Fremdlingschaft, die uns übrigens sehr gut getaa hot, durften mir in unner Haamit hamkehrn. Aber aah när, weil aaner kräftig mitgerührt hot, und dos war mei Sup! – Speeter, als mir dann in Markersbach warn, kam er ab und zu mol hutzen. Wenn er zum Beispiel enn aastrengenden Besuch hinter sich hatt, klingelt'r bei mir und saat: »Bruder Schmidt, jetzt paffen wir eine in die Luft, dann wird mir wohler!« Dann hamm mir gepafft, und mei Sup drzeehlet e lockere Story aus Aue. – Do is wieder mol dos schwarze Auto unterwaags. Vun Aue nooch Grünhaa. Waar die Streck kennt, wass, doss es enn gehärign Barg ze bewältign gob, über Oberpfannestiel nooch Bernsbach. Wie dar Fahrer mit sein Barkas in Barg nausdonnert und Bernsbach bald hinter sich hot, wu's drümme nei nooch Grünhaa gieht, streikt sei Mobil. Dos bläbbt aafach stieh und sogt nimmer Miff und Maff. Dos war Noochmittig halb Zwee. Dr Fahrer klattert aus seiner Kist raus, guckt nooch und stellt fest: ich brauch mei Warkzeig. Dos allerdings is in enn Kasten, dar hinten drinne stieht, wu de Sarg neikumme. Dar gute Maa macht de hintere Tür auf, schwingt sich ins Hintertaal vun sein Woogn und will sein Warkzeigkasten vürzieh. Denkste! In denn Moment, wu er in sein Auto stackt, haut dr Wind de Tür zu und – aus is dos Lied! Aussen is wuhl e Drücker draa, aber inne net. Logisch, denn die do hinten mitfahrn, brauchn kann Drücker mehr. Dr Leichnwoognfahrer kunnt also nimmer raus. Do sei Auto bargeiwärts stand, hatt dr Wind e lächte Aarbet, die Tür naazehaa. Guter Root war teier! Dar arme Fahrer hatt alles versucht, wos när möglich war: arscht hot er an de Tür gepucht, dann trommlet er an de Seitenwänd. Vielleicht kimmt doch jemand und befreit ne. Nischt passiert! Und de Zeit machet kaa Pause, die lief und lief, aus daare Zwee is e Fümfe wordn, und dar Leichnwoognbramser stook immer noch in sein Mauseleum. Sei letzte Rettung war, wie er maanet, e ganz ugewähnlicher Gedanke. Ubn am Dach war e klaane Öffning, e Luftklapp. Dort hot'r sei Hand nausgeschubn und gewedelt, wos is Zeig hält. Su kunnten de Leit, die draussen vorbeiginge, die Hand saah, die su drbärmlich winken tat. Aber e Hand, die ubn aussn Leichnauto rauswedeln tat, dos kaa doch nischt Richtigs sei! Kaaner machet auf. Endlich, e beherzter Aarbeter, dar mitn Halbsechse-Bus aus Aue kam, hot unnern Leichnwoognfahrer befreit! Wie fruh dar war, dos kasste dir gar net ausmooln. Seitdem stand sei Warkzeigkasten immer vorne drinne, hinter sein Sitz!

Mein Sup sei Zigarett war ausgeglüht, und er maanet: »So, Bruder Schmidt, Feierabend! Und mir ist bedeutend wohler! Ab nach Aue. Vielleicht bring ich das nächste Mal eine fröhlichere Story mit«! Dos kaa mir bluss racht sei, denn vun sette Anekdoten laabn meine Bücher!

# GELEHRT

sind wir genug. Was uns fehlt ist Freude. Was wir brauchen ist Hoffnung. Was uns Not tut ist Zuversicht.

*Curt Goetz*

## CHEFETAGEN UND VIECHEREIN

Entrüstet schreit dr Chef sein Buchhalter aa: »Schönborn, unverschämt sind Sie wohl gar kein bisschen, während der Arbeitszeit Zeitung lesen?« – »Naja, Herr Sawatzki, ich dachte mir, so kurz vor dem Urlaub lohnt es sich nicht mehr, noch ein Buch anzufangen«.

Im Hotel »Panorama« bind't sich e Gast e Serviett ümme Hals. Dr Geschäftsführer sieht dos und is ausser sich. Er rufft in Oberkellner, dar denn ugehubelten Kunden klarmachen soll, doss sich suwos in enn Hotel wie »Panorama« net gehärt. Serviett am Hals, wu gibts dä suwos!? Dr Oberkellner Pranz gieht ze daare Blüte und freegt: »Mein Herr, was soll es sein, Haarwaschen oder rasieren?«

Dr Sebastian is Angestellter bei dr Sparkasse und nimmt sei ganzes bissel Mut zamm, als er sein Chef folgende Froog stellt: »Herr Meisgeier, Sie haben mir doch ein höheres Gehalt versprochen, wenn Sie mit mir zufrieden sind. Bleibt es dabei?« – »Ja, schon. Aber wie kann ich mit jemand zufrieden sein, der mehr Gehalt will?«

Dr Chef maant ze sein scheidenden Büroagestellten: »Eigentlich tut es mir leid, dass Sie gehen, Herr Winterberg, Sie waren immer wie ein Sohn für mich: Stets unversöhnlich, unzufrieden und undankbar!«

»Mühlmann, haben Sie denn nicht mitbekommen, dass Rauchen während der Arbeit strengstens verboten ist?«, wattert dr

Abteilungsleiter im Reisebüro »Ferienglück«. »Doch, das ist mir alles klar, Herr Schimmelpfennig, deshalb arbeite ich ja auch nicht, wenn ich rauche«.

Herr Wendelborn aus Kaiserslautern eröffnet in dr Zentralbank Zürich e Konto. – »Wieviel möchten Sie einzahlen, Herr Wendelborn?«, freegt e hübsches Fräulein an dr Kasse. – »Zwei Millionen«, flüstert dr Wendelborn und dreht sich vürsichtig üm, obs aah niemand gehärt hot. »Sie können ruhig lauter sprechen, mein Herr«, maant dos Maadel und lächelt drbei, »in der Schweiz ist Armut keine Schande!«

»Sie kommen in dieser Woche schon zum vierten Mal zu spät zur Arbeit, Frau Hüttenrauch! Was schliessen Sie daraus?«, freegt dr Chef ärgerlich. – »Es ist Donnerstag, Herr Queckmann!«

Chefetagen sei wahrlich net de schännsten Stockwarke! Haue mir ab aus die düstern Löcher. Do isses bei de Viecher zaahmol schänner, obwohls do aah mannichmol »menschlich« zugieht, und is Gald halt aah e Roll spielt.

E Zieg und e Schnack sei unterwaags ze ihrn Chef und wolln üm e Gehaltserhöhung battln. Als de Zieg beim Chef ins Büro neistolpert, hatt de Schnack ihr Erhöhung schu lang in dr Tasch. – »Nanu«, sogt de Zieg, »wie hast du das denn hinbekommen?« – »Ja, meine Liebe, schleimen muss man können, nicht meckern!«

Im Streichelzoo spaziert de Dorothea mit ihrer Mama vun Tier ze Tier und hot ihr halle Fraad an dr Zutraulichkeit dar Tierle. Do entdeckt dos Kind enn klänn Igel. Ganz aufgeregt drzeehlt dos Maadel seiner Mama: »Stell dir vor, Mama, hier im Zoo gibt es sogar einen laufenden Kaktus!«

In dr Wüste Sahara spielt e Maa Geig. Kimmt e Löwe, guckt und legt sich naabn denn Maa hie. Net lang drauf kumme zwee wettere Löwn, härn kurz zu und legn sich aah hie ze denn Geiger. Kimmt e vierter und – frisst denn Musikant. Ubn in dr Palme sitzt e Aff, dar ze sein Kumpel sogt– »Das war klar, wenn der Taube kommt, ist Schluss mit der Musik!«

Elefant Bimbo hot Lust off Kino und macht sich offn Waag. Am nächsten Toog freegt ne sei Freindin Limba: »Hat dir der Film gestern gefallen?« – »Ich bin gar nicht erst hineingegangen. Die sind ja bescheuert. Da war neben der Kasse zu lesen: ‚Programm ein Euro'! Was meinst du, wie teuer das bei meiner Gewichtsklasse geworden wäre …!«

Kirmes im Vogtland. Hier sogn de Leit aah Körbe drzu. In mannichen Dörfern giehts do ganz schie rund. Do is echt wos lus. De Erlbacher stelln do wos off de Baa, doss de dich bluss wunnern kasst. Dodrmit locken die de Besucher aus alle Himmelsrichtunge aa. När die Buden, die se aufgebaut hamm! Aane stand unmittelbar naabn dr Kirch, an daare sich de »Freischützen« versuchten. Aaner vun die Schützen war dr Wenzel aus Klingethol. Obwuhl dar schu paar gezwitschert hatt, troof dar immer noch ins Ziel. Dar gewann sugar e klaane laabnde Schildkröt. Doss ne dos aagefeiert hot, kasste dir denken. Sei Googdfieber is gestiegn, und wieder legt er de Flint aa. Du warschts net für möglich halten, aber dar Wenzel schoss itze sugar in Hauptgewinn! E feine Kristallschool aus Selb! Do maanet dr Wenzel zum Schiessbudenbesitzer: »Loss die Kristallschool, gaab mir lieber noch mol su e altbackene Fischsammel!«

Im Hausflur drkundigt sich e auswärtige Fraa: »Sie entschuldigen, wohnt hier ein gewisser Vogel?« – »Ja, in dr zweeten Etage; Rabe haasst dar!«

Gemütliche Vogtländer! Dr Gerhard bestellt sich mit seiner Hannelore in enn Zwickescher Gasthuf Sauerbrooten mit grüne Kliess und Rotkraut. Dr Ober kimmt, und wos bringt dar? Forelle blau! – Nooch paar Schweigesekunden maant de Hannelore zum Gerhard: »Kumm, Maa, mach känn Aufstand und würg dos Zeig nunter!«

## WER HACKBRATEN IM WIRTSHAUS BESTELLT,

hat das Vertrauen zu den Menschen noch nicht verloren
*Ralph Boller*

## SIE WERDEN KOMMEN …

Naabn meine Mundartbücher hob ich mich aah an e paar Krippenspiele naagewoogt. Aans drvu haasst »Sie werden kommen«. Dr Probelauf fand bei uns in Sachsenbarg statt, drnooch aber hamms etliche Gemeinden im Vogtland und im Arzgebirg gespielt. – »Sie werden kommen« – ein Krippenspiel von Karl-Heinz Schmidt. Su wars ze laasen off enn Plakat in enn grässern Dorf im Arzgebirg. In Name vun denn Dorf nenn ich net, weil ich de Privatsphäre daare Leit net verletzen möcht. Die Betraffenden kriegns salber weis, doss sie gemaant sei, denn suwos, wie domols am Heilign Ohmd, passiert net alle Toog! Obs wos Schlimmes war, willste wissen? O naa, im Gegntaal! Doch laas itze wetter! – Is arschte Bild vun mein Krippenspiel zeigt enn Hannler, dar feine Stoffe und kostbarn Schmuck aabieten tut. Sei Name is Ahab, und de Gusch hot dar offn rächten Flack. Zwee Gunge tauchn auf, die denn Halsooschneider gar net leiden mögn. Die Gunge haassen Obed und Joram und singe: »Ahab, Ahab, nimmt die letzten Schekel ab. Steckt zuviel in seine Tasche, diese alte Händlerflasche«. Do hatten se wos gesunge! In Ahab sein' Aagn warn Kinner und Hirten suwiesu net viel wart. Drüm hot dar aah in Boas, enn Hirt aus Bethlehem, kaa Laader für sei Gatter verkaaft. Als aber e vürnaahms Pärchen übern Platz geschwänzelt is, gieht er ze daare Dame und lobhudelt: »Wie wäre es mit diesem Kleid aus bester Seide, gnädige Frau? Ihre Figur würde noch lieblicher ausfallen als sie es bereits ist. Nehmen Sie!« Sie naahme nischt und ginge wetter, aah wenn er denne noochgeloffen is. Aah off zwee Manner räd't er ei und drehet seine Aagn raus wie zwee Untertassen: »Meine Herren, wundervolle Spangen aus Dion! Perlen aus Elusa! Wie wäre es?« Nischt war! – Zum Schluss vun arschten Bild hatt noch e Offizier aus Rom sein Auftritt. Eh dar aber ins Spiel kam, troot jemand annersch auf. Im Krippenspiel hamm mir e Szene gesaah, die gar net neigehärit. Do gieht doch e altes Mütterle in Mittelgang vun dr Kirch vür zum Ahab und freegt, ob er ihr net zwee Meter vun denn grü-seidene Stoff verkaufen tät. Denn Weibel hot die glänzite Seid su sehr gefalln, doss es unbedingt wing drvu hobn wullt. Itze kam Spannung in dr Kirch auf. Stille wie sunst net. Die Oma hatt alle im Griff. Die gute alte Fraa war dr Gemeinde bekannt, und jeder wusst üm ihr

ubekümmerte Eifalt. De Leit liessen se in Ruh bei ihrn Hannel. Die dachten: Ahab, mach du itze dei Zeig; saah, wie du mit ihr fartig warst! – Dr Ahab knärit natürlich vorne rüm und maanet, doss er nischt verkaafen kannt, weil dos zum Spiel gehärit. Su zug dos Mütterle wieder ab und setzet sich traurig off sein Platz. Mitleidig gucket de Gemeinde die Oma, aber dos half dar Guten aah net wetter. Do muss es in Ahab sein Gehirnskasten klick gemacht hobn, und dos kurz bevor dar Offizier aus Rom auftroot. Er sacket sei grü–seidenes Tuch zamm, schaffets ze denn Mütterle und saat: »Ich hob mirs annersch überlegt, wenn du su verliebt nei denn Stoff bist, dann namm ne und hob dei Fraad draa! Dr Ahab schenkt dir ne sugar!« Ich glaab, dos war is arschte Mol, doss in enn Krippenspiel geklatscht wordn is. Und dos Weibel war selig über sei Weihnachtsgeschenk! Itze kunnt dar Offizier mit sein Steierbefehl auftraaten.

## WENN GOTT WILL …!

Am 4. Juli 1984 zug ich mit meiner Familie vun Markersbach am Pumpspeicherwark rüber nooch Klingethol. Dos war de dritte und letzte Gemeinde, in daare mir heit noch wuhne. In denn Staadtel am Aschbarg hamm mir uns dermassen eigelabbt, su doss mir heit, wu ich die Zeiln ze Papier bring, dreissig Gahr aasassig sei. Mit annere Wort haasst dos, mir fühln uns wohl in Klingethol! Ob Kirchnvorstand oder Gemeindeglieder, dos warn und sei Leit, mit denne mir zammgewachsen sei. Gemeinsam hamm mir gute Toog verlabbt, aber aah solche, wu is Laad an de Tür kloppet. – Mir warn noch net lang hier, do machet ich mein Vürstellungsbesuch beim Bürgermaaster dr Stadt. – »Herr Bürgermeister, vor einem Jahr sah ich Sie bereits im Fernsehen, im ZDF!« Do hatt ich natürlich wos gesaat! – »Härn Se mir dodrmit auf! Mein Freind, denn känne Se vergassen!« Sei Erinnering an denn Beitroog im Harbst 1983 liess ne noch mol su richtig ärgerlich wardn. Do bracht is ZDF enn Doku-Film über vier klännere Städt dr DDR, und do war Klingethol aah drbei. Wu aber dar derzeitige Journalist Wolfgang Klein Klingethol als »Stadt uhne Gesicht« bezaagne tat, hots bei mein guten Bürgermaaster de Sicherung nausgepfaffert. Verstieht sich, wenn mer als Stadtoberhaupt suwos über sich drgieh lassen muss. Wos uns Zwee aagieht, in Bürgermaaster und mir, nu, mir hamm uns net geroode umarmt, aber mir sei uns aah nie nein Hintern getraaten. Bei Don Camillo und Pepone im Vogtland gings net su dramatisch zu wie bei die Zwee in Italien. Übrigens hot sich is Gesicht vun Klingethol vun Gahr ze Gahr verännert, su doss dr Herr Klein sei Vokabular aah ännern muss! – In dr DDR warn mir suzesogn »eigesperrt«. När in Sonderfälln durft mol aans noochn Westen ausraasen. Als unnere langgährign Freinde, Edith und Ulli in Soest/Westfaln, Silberne Hochzig hatten, luden die mei Fraa und mich ei. Du liebe Zeit, ich war noch kaane Fuffzig, und de Gisela war noch günger; vun Verwandtschaft gar net ze reden. Und suwos sullt ze ner Familienfeier noochn Westen fahrn. »Unmöglich«, saat ich, »die lossen uns nie und nimmer raus!« Wider de Natur bie ich trotz aller Bedenken bei de domolign Ämter vürstellig wordn. Dann hob ich wirklich drlabbt, doss es aah in dr DDR mitunter haassen kaa: »Wunder gibt es immer wieder«! Mir durften raasen! Mir mussten natürlich huch und heilig versprachen, doss mir wiederkumme! »Kaa Angst, mir kumme wieder«, saat ich, »dodrauf hamm Sie mei Pfarrerwort! Schliesslich hamm mir unnern Gung drham, und unnerer Kirchgemeinde würden mir nie und nimmer e Flucht aatu! Dos känne Se mir gelaabn!« Wu ich saat: »Dodrauf hamm Sie mei Pfarrerwort!«, lächelten die Dame und Herrn wing mitleidig. Und mir kame wieder! – Itze sisste, wie dr Mensch sei kaa: je mehr er hot, je mehr er will! Ich bie mutig wordn und frech! Weil dos su gut klappet, mit daare Silberhochzig-Raas, versuchetn mir im April 1989 is nächste Experiment und wullten in Kirchnchor vun Soest nooch Sachsen-

barg eilooden. Und aah dos hot funktioniert! Freilich musst ich wieder e Versprachen gaabn: »Dar Chor durft kaa Konzert aufführn!« – »Meitoog net«, saat ich, »die halfen hächstens unnern Chor ewing aus und gut!« Genehmigt! Lachen kännt ich hcit noch über unnere Lehrer domols, die wullten unnern bunten Vugel vun Bus net

65

offn Schulhuf parken lossen, doch se mussten. Wisst ihr, wie gut dos tat?! In mir stook suwos wie Rache des klänn Mannes! Und de Kinner fraaten sich wie toll und saaten: »Juhu, e Bus ausn Wilden Westen parkt off unnern Schulplatz!« – Aans aber möcht ich klarstelln. Bei all dem hob ich mich net verkaaft! Niemols bie ich nei dr Judas-Roll gestiegn und hob mir dreissig Silberling auszohln lossen! Hier hatt Gott sei Hand im Spiel, und wenn dos dr Fall is, känne de Mauern noch su huch sei; wenn er will, doss mir drüberkumme, kumme mir drüber! Dos is heit net annersch! Und Gott wullt domols, doss ...!

## STATT ZU KLAGEN,

dass wir nicht alles haben, was wir wollen, sollten wir lieber dafür dankbar sein, dass wir nicht alles bekommen, was wir verdienen

*Dieter Hildebrand*

## SU EIN DURCHENANNER

Elternohmd in dr »Pestalozzi-Schul«. Lehrer Hanselmann is mitn Christoph seine Leistunge gar net zefrieden und taalt dos sein Vater mit: »Herr Wendelborn, leider muss ich Ihnen sagen, dass Ihr Sohn Christoph keinerlei Fortschritte beim Multiplizieren und Dividieren macht!« – »Dos is net schlimm, Herr Hanselmann, Latein is net su wichtig. Hauptsach is, doss er rachne kaa!«

Oma Dora freegt ihr Enkele: »Na, mein lieber Simon, weisst du schon, was du deinem Bruder zu Weihnachten schenkst?« – »Do hob ich mir noch kaane Gedanken gemacht, vorigs Gahr hattr vun mir de Masern kriegt«.

Off dr Auerbacher Strooss in Klingethol trifft dr Neireiter-Paul sein Freind Anton. »Schie, doss ich dich traff, Anton! Sog mol, du kasst mir wuhl net mol aus dr Patsche halfen? Hast du zufällig fuffzig Euro eistacken?« – »Paul, dos tut mir laad, ich hob net su viel Gald bei mir«. – »Und drham?« – »Danke, alles gesund und munter!«

Bei Himpelmanns in Raachnbach sei se Leit vun dr feinen Sorte. Die hamm sugar e Putze und e Köchin. An enn Toog krawallt de Himpelmanne mit ihrer Köchin: »Was muss ich hören, Alexandra, Sie bekommen schon wieder ein Kind? – Als Sie Ihr zweites bekamen, dachte ich, Sie seien vernünftig geworden!« – »Ach wissen Sie, liebe Frau Himpelmann, ich kann nun einmal nicht ungefällig sein!«

In de siebziger Gahr laafen in Annebarg zwee Volkspolezisten zum arschten Mol Straafe mitenanner. Do sogt dar aane ze sein Genosse: »Mir hamm itze wing Zeit, su doss ich dir mol zeign kaa, wu ich wuhn«. Se ginne nei ner Seitenstrooss, und do maanet er: »Sisste dos Haus dort drübn an dr Eck? Dos is mei Haus. Und dos Fanster dort drubn, dos is mei Fanster. Und die Fraa, die am Fanster stieht und lacht, is mei Fraa«. – »Und waar issn dar Maa, dar hinter ihr stieht?«, will sei Genosse wissen. – »Dos – bie ich!«

In enn Eisenbahnabteil unterhalten sich zwee Fahrgäst über alte Kulturn. Noochdem se alles durchgekatscht hatten, finge se aa ze witzeln. Dar aane freegt: »Sie entschuldigen eine letzte Frage: Können Sie mir den grossen Unterschied zwischen Griechen und Römern nennen?« – »Nein, das tut mir leid!« – »Ganz einfach: die Griechen können aus Römern trinken, aber die Römer nicht aus Griechen!« – Dos hart ihr Gegnüber, e Maa aus Chamtz, und mischt sich in ihr Gescheitheit ei: »Also entschuldschen Se mal, warum solln de Reemer nisch aus Kriechen trinken känn?«

Dr Winterlich-Hannes aus Falkenstaa hatt sein arschten Toog bei dr Bundeswehr hinter sich und freeget sein Faldwebel Homburg: »Herr Faldwebel, ich hätt mol e Froog: Isst e General net mit Masser und Gabel?« – »Sagen Sie mal, Winterlich, wie kommen Sie bloss auf so eine blöde Frage?« – »Weil ich im ›Vogtland-Aaazeiger‹ gelaasen hob, doss dr General Wassmeier mit sein Stab speiste«.

In enn Theater in Sachsen hauet am Schluss dr Vorstellung e Zuschauer Tomaten vür off de Bühne. Die galten in arschter Linie in Hauptdarsteller, dar hinter de Kulissen flüchten tat. Markwürdigerweise klatschet dar Tomatenwarfer wieder. Dar muss ja wissen, wos er will; entweder Beifall oder Buhrufe! Do freegt ne sei Machbar: »Nun sagen Sie mal, Sie müssen doch wissen, was Sie wollen; erst werfen Sie Tomaten auf die Bühne und nun das Klatschen! Verrückte Welt!« – »Ich wass, wos ich will, du Heini! Dar sull noch mol off de Bühne kumme, weil ich noch zwee Tomaten hob!«

Dr Gerd und sei Annelie aus Grübach ginne im Rhein booden. Off aamol bläkt de Annelie: »Gerd, ich hob kann Grund!« – »Typisch, immer dosselbe mit de Weiber. Die schreie aafach uhne Grund!«

»Hilfe«, schallts aus enn Zugabteil, »ist ein Arzt in der Nähe?« Mald't sich e älterer Herr und sogt: »Ich bin Arzt. Wer braucht Hilfe?« – »Ich«, sogt e Fahrgast und guckt vun sein Kreizwortratsel auf: »Kennen Sie eine Erkältungskrankheit mit sieben Buchstaben?«

Jens gieht mit sein Vater spaziern. Se laafen in dr Mühlleithn übern grussen Parkplatz und marschiern in Wald nunter in Richtung »Waldhotel«. Do entdeckt doch dos pfiffige Gungel in de Fichtle e Auto. Natürlich ziehts in Jens hie, dar guckt wie e Spitzmaus und kimmt koppschüttelnd zerück. »Also Papa, dos verstieh, waars verstieh kaa: e dicker Mercedes, aber kaa Gald für Klamotten!

Marcel und Claudia warn sich wieder mol ganz schie nei de Haar geroten. Ziemlich aufgebracht raunzt dar sei Fraa aa: »Ich war ein schöner Trottel, als ich dich heiratete!« – »Das stimmt nicht ganz«, kontert de Claudia, »schön warst du noch nie!«

Weiber finden immer wos, wurüber se kaasen känne. Su zum Beispiel de Gerlinde und ihr Freindin Karin. Die alte Fraa in ihrn Eierwoogn offn Klingetholer Wochenmarkt ward sich mannichmol ihre Gedanken über die viele Zeit machen, die de Weiber bei ihrer Maahrerei verplempern. Sogt de Gerlinde zur Karin: »Ich hob mein Klaus su drzugn, doss dar mir aus dr Hand frisst!« – »Mach när«, drwidert dos dumme Schoof, »dos is ja praktisch, do sparst du doch allerhand Geschirr!«

Wenn sich de Eltern streiten, und ihr Kind is in dr Näh., kaa sich dos net salten negativ off dos Kind auswirken. Su bei dr Lotti ihre Eltern. Do schreit dos Maadel lus: »Wenn ihr net sofort aufhärt, waar ich morgn in Pfarrer vun eirer wilden Ehe drzeehln!«

Mama Angela is net geroode erbaut dodrüber, doss ihr klaaner Thorsten su schnell jähzornig ward. Do maant ihr Sprössling: »Aber Mama, das ist doch keine Todsünde, das ist Erbsünde!« – »Wie kommst du denn darauf?« – »Du hast doch selbst einmal zu Papa gesagt: Den Jähzorn hat der Junge von dir geerbt!«

Professor Windelen freegt enn seiner Jurastudenten: »Was ist Betrug, Herr Prahl?« – »Betrug ist, wenn Sie mich durchfallen lassen!« – »Wieso denn das?« – »Weil sich nach dem Strafgesetzbuch derjenige des Betrugs schuldig macht, der die Unwissenheit eines anderen ausnutzt, um diesen zu schädigen«.

Als dr Pfarrer Greiling Meinels besuchen tat, musst dr klaane Heinrich drham in dr Eck stieh bleibn. »Na, Heinrich«, freeget dr Pfarrer mitleidsvull denn Gung, »was hast du denn ausgefressen?« – »Eigentlich nichts, ich muss nur hier in der Ecke stehen, damit der hässliche Fettfleck auf der Tapete nicht zu sehen ist!«

»Warum nimmt man den Hut oder die Mütze ab, wenn man auf der Strasse einem Leichenzug begegnet?«, freegt dr Pfarrer Ehrlich seine Konfirmanden. – »Es könnte sein«, glabbt dr Rene ze wissen, »dass im Sarg ein Pfarrer liegt.

Pfarrer Mohnhaupt knäppt sich sein Ministrant Martin vür und liest ne de Leviten: »Du könntest studieren und vielleicht sogar einmal Pfarrer werden, wenn du nicht so stinkfaul wärest. Hast du denn niemals das Gefühl gehabt, dass dich ein unwiderstehlicher Arbeitseifer überfällt?« – »Doch«, drklärt dr Martin, »aber dann setz ich mich immer still hin und warte, bis der Anfall vorüber ist!«

## IS LEIDIGE GALD

Allerhand hob ich bis itze offs Korn genumme: Volkspolezisten und Bundeswehr, Fahrgast und Theaterbesucher, Kinner und Familien. Bei de nächsten Zeiln will ich eich mit nei »meiner Firma« namme. Also auf giehts! Im Arzgebirg war in enn klänn Dorf Gottesdienst, wu aah e gutbetuchter Fabrikbesitzer gewaasen is. Als dr Kollektentaller rümgereicht wurd, mer wills kaum glaabn, legt dar Knauser e Zweemarkstück drauf und nimmt e Aamarkstück wieder runter. Kasst du suwos verstieh? Ich net! – Und weil mir geroode beim Gald sei, namm ich eich mit nei ner Vogtländischen Kirchgemeinde, die enn neie Pastor kriegt hot. Dort goobs e Frau Knöterich, die denn neie Pastor übern grünn Klee gelubbt hot, wie's unatürlicher net sei kunnt. Die saat zur Kirchnern: »Also wissen Sie, Frau Eisenreich, für unsern neuen Pastor habe ich nichts als Lob übrig – nichts als Lob!« De Eisenreiche gucket se aa und goob wing huhnackit zerück: »Ja, Frau Knöterich, dos hob ich sofort mitkriegt, wu ich mitn Kollektenkärbel bei Ihne vorbeikam!«

Wos du su alles drlaabn kasst in »meiner Firma«! Mannichs möchste gar net für möglich halten. Doch es is su. In ner Kirch im Westlichen Arzgebirg is eigebrochen wordn. Paar Toog drauf stook e Briefümschloog im Briefkasten am Pfarrhaus. Do war e Zwanzig-Euro-Schei drinne mit enn Zettel, und dodrauf war ze laasen: »Lieber Herr Pfarrer, ich habe in Ihrer Kirche 100 Euro gestohlen. Nun plagt mich das Gewissen, deshalb schicke ich Ihnen hiermit 20 Euro zurück. Sollten meine Gewissensbisse nicht aufhören, dürfen Sie mit weiteren Rückzahlungen rechnen«.

Ooschliessend lood ich eich zur Familie Kleidermann ei. De Frau Mama nimmt ihrn Falko ins Gebaat und sogt mit ernster Miene: »Weisst du, Falko, wohin die Kinder kommen, die das Geld nicht in das Opferkörbchen beim Kindergottesdienst legen, sondern selber verbrauchen?« – »Ja, ins Kino!«, kontert dr Herr Sohn.

## SEI ARSCHTE PFARRSTELL

Mog alles gut verlaafen! Pfarrer Knut Jansen aus Bremerförde is total ins Vogtland verknallt. »Dort oder nirgends« is sei Devise. Und er krieget im Land dr Gitarren- und Flötenbauer sei Pfarrstell. Er is gung, noch net verheirat', wos aber alles noch wardn kaa. Irgndwu zwischen Adorf und Bad Brambach ward schu su e Deckel rümschwirrn, dar off ihn draufpasst! Itze isser im Begriff sei zukünftige Gemeinde aufzesuchen und fährt mitn Bus nooch Walthersgrü. An dr Haltestell freegt er enn Gung noochn Waag zur Kirch. Is Günterle ausn Oberdorf gibt ne e freindliche Auskunft, und dr Jansen sogt: »Siehst du, mein Junge, du hast mir den Weg zur Kirche gezeigt, und am Sonntag, wenn du im Gottesdienst bist, zeige ich dir den Weg zum Himmel!« Do hatt dr Günter allerdings Zweifel und saat: »Herr Pfarrer, wie känne Sie mir in Waag zum Himmel zeign wolln, wenn Sie net mol in Waag zur Kirch kenne?« – Mei lieber Jansen, die Leit hinter de aagaablichen »siebn Barg« sei haller als du denkst. Am Sunntig drauf hielt er sein arschten Gottesdienst, und de Kirch war gerammelt vull. Dr Günter war aah drbei. Alles verlief zur Zufriedenheit dr Walthersgrüner, und de Leit warn vun denn Nordischen aagetaa. Zum Schluss seiner Predigt saat dr neie Pastor: »So, meine lieben Schwestern und Brüder, am kommenden Sonntag werde ich über das Thema Liebe predigen. Lest bitte das Evangelium nach Markus, Kapitel 17!« – Dr Sunntig kam, und de Kirch war wieder bis zum letzten Platz gefüllt. Aah dr Günter sooss in dr arschten Reih. Dr Jansen freeget de Gemeinde: »Habt Ihr Markus 17 gelesen?« – »Jaaa«, riefen se vuller Begeisterung, aah dr Günter rief mit. – »So, so«, saat dr Pfarrer Jansen, »dann wird es höchste Zeit, dass ich über die Lüge predige, denn das Markusevangelium hat nur 16 Kapitel!« Nu do, alle zugn se de Käpp ei und hamm sich geschaamt. Se marketen, doss dar Neie net vun Pappe war. Und dos kriegetn se aah off de Ämter ze spürn, doss e gunger Karl sich de Butter net vun dr Bemm namme liess! – Am Maantig rief er is Gesundheitsamt aa und

saat: »Mir ist soeben berichtet worden, dass bei der Autobahnkreuzung ein toter Esel liegen soll«. – »Ich denke«, su scherzet dar Beamte, »für die Toten sind Sie zuständig, Herr Pfarrer!« Dr Jansen, net verlaagn, sogt mit kühln nordischen Kopp: »Natürlich, mein Herr, natürlich. Aber zunächst pflege ich in derartigen Fällen immer zuerst die nächsten Verwandten zu informieren«. Dos sooss! Su

turbulent sei Eistieg in Walthersgrü war, su gesegnt verlief sei
ganze Zeit in daare Gemeinde. Und soll ich eich noch wos ver-
rooten? E Deckel fand sich aah!

## GUTE TATEN

Fürn Pfarrer Wurlitzer spielet dos Thema »Nächstenliebe« e
beachtliche Roll. Off denn Gebiet wollt er sei Gemeinde wing
off Vordermann bringe, weil seine Schaafle öfter nooch dar
Devise laabeten: »Arscht kumm ich, und dann kimmst du«!
Seine Rootschleeg liefen dort naus, wu er saat: »Freunde, ma-
chen wir die Augen auf, entdecken wir Gelegenheiten, wo wir
unseren Mitmenschen einen guten Dienst erweisen können!
Ihr könnt zum Beispiel einer alten Frau die Tasche tragen oder
einen gebrechlichen Menschen über die Strasse führen. Ein
guter Dienst wäre auch, wenn wir eine Orangenschale vom
Gehweg entfernen, damit niemand ausrutscht ...!« Am Toog
drauf trifft dr Pfarrer in Mühlbach-Johannes, dar ziemlich
ramponiert aussoog. »Du meine Güte«, maanet dr Wurlitzer,
»wie sehen Sie denn aus, Herr Mühlbach?! Wo kommen Sie
denn her?« Wirklich, dr Mühlbach soog aus, als kam er ausn
Trojanischen Krieg. »Herr Pfarrer mit Ach und Krach hob ich
e gute Tat vullbracht. Unter setten Umständen will ich aber
kaane guten Taten mehr vullbringen!« – »Und warum sehen
Sie so zerkratzt aus?«, will dr Pfarrer wissen. – »Die alte Mül-
ler-Hanne dort drübn wullt sich bei Grü absolut net über de
Strooss führn lossen«, ächzt dr Mühlbach, »ich glaab, die will
itze wieder rüber!«

## KINNERWÜNSCHE

»Mama, mir hamms doch besser als die, die net an liebn Gott
glaabn, hob ich do net Racht?« – »Freilich hast du Racht, mei
Dieterle«, sogt de Mama Evelin ze ihrn Herzblattel und gibt
ne enn Schmatz. »Uns bringt is Jesuskind de Geschenke, die

annern müssen se salber kaafen!« Su dr klaane Dieter, und dar is selig, weil ihm is Christkind de Geschenke bringt.

Zum Franz. Dar gieht nei dr arschten Klasse und kaa schu gut schreibn. Sumit gieht dar brieflich vür bei seiner Wünscherei. Dar schräbbt ans Christkind enn Battelbrief, und do war ze laasen: »Liebes Christkind, ich wünsch mir ze Weihnachten 22 Euro, drmit ich mir denn grussen Traktor kaafen kaa! Du wasst, wie's bei uns im Moment mit de Pfeng naushängt, weil mei Papa arscht im Januar wieder Aarbet kriegt.

Also liebes Christkind, enttaisch mich net, ich rachn mit Dir! Ganz lieb grüsst Dich Dei Franz aus dr Harmonika-Stroos!« – Dr Wolfgang, wos dr Brieftraager is, wass net racht, wuhie mit denn Brief und gibt ne beim Pfarrer oo. Dr Pfarrer Türpe, gutmütig wie meitoog, will in Franz net enttaischen und schickt ne enn Zaah-Euro-Schei. Schu am nächsten Toog kimmt wieder e Brief ans Christkind beim Pfarrer aa, und dar liest: »Liebes Christkind, danke für dos Gald! Is nächste Mol schickste dos Gald aber gleich an mich und net arscht an Herrn Pfarrer. Dar hot mir nämlich 12 Euro drvu gemaust!« – Ach, Herr Pfarrer, wie mers macht, is verkehrt!

Im Advent ginne su allerhand Gedanken durch de Kinnerkäpple. Aah durchn Johannes sei Denkzentrum. Dar hielt, wie immer, sei Ohmdgebaat. Off aamol bläkt dar am Schluss: »Lieber Herr Jesus, bring mir bitte e Fahrrood!« – »Mensch, schrei net su, dr Herr Jesus is net taab«, massregelt ne sei Schwaster Gerdi. »Dos wass ich salber, doss dar net taab is, aber de Oma!«

# MENSCHLICHES, ALLZU MENSCHLICHES

An enn Sunntig hot de Regina ihr Freindin Kati zum Mittoogassen in ihr Familie eigelooden. Vorm Assen saat dr Regina ihr Mutter, doss se in ihrer Familie strenge Vegetarier wärn. »Aber«, fährt se fort, »vielleicht können wir dich mit unserem Essen auch dafür begeistern«. – »Niemals!«, sogt de Kati, »Ich bie und bleib katholisch!«

»Verstehst du dich mit deinem Vater, Gernot?« – »Ja, sehr gut. Wir haben sogar den gleichen Glauben«. – »Den gleichen Glauben, wie das denn?« – Dr Andreas is fast wing neidisch, weils bei denn drham net su funktioniert. »Also mein Vater glaubt, dass ich dieses Jahr in der Schule sitzen bleibe, und ich glaube das auch. So einfach ist das«.

»Ach du meine Güte«, rufft de Rosenmüller-Gertraude, »wir haben ganz und gar vergessen, Tante Luise zu unserer Gartenparty einzuladen. Christinchen, ruf doch die Tante an und lade sie noch ein!« Dos Kind gieht ans Telefon, rufft de Tante aa und entschuldigt sich für die speete Eilooding. »Ich weiss schon lange, dass ihr eine Party feiert«, sogt de Tante gekränkt und schnippisch. »Ich kann aber nicht mehr kommen, da ich um Regen gebetet habe!«

Seltsame Heilige, die dr liebe Gott in seiner Kirch hot! Zwee betagte Pfarrer, wu ich aaner drvu sei kännt, traffen sich nooch längerer Zeit mol wieder. Sogt dar aane: »Stell dir vor, Theophil, im vorigen Winter bin ich auf der Kirchentreppe schwer gestürzt und musste vier Wochen lang liegen«. – »Das ist ja furchtbar« Manuel, hat man dich denn so spät erst gefunden?« Wenn ich aaner vun die Zwee sei kännt, dann dr arschte, dr zweete is mer zu weit fartig!

De Sennerin Helene Fromm im Beichtstuhl: »Herr Pfarrer, ich habe einen Sechzehnjährigen verführt!« – »Also meine liebe Tochter, ich glaube Ihnen ja vieles, aber das nicht«, drwidert ihr Pfarrer. – »Naja, es ist schon über vierzig Jahre her, aber ich beichte es halt immer noch gern!«

Dr Pfarrer Seidelmann war wiederhult bei Schultheissens zum Hausbesuch. De Mama fordert ihrn Ingolf auf, in Herrn Pfarrer zum Abschied de Hand ze gaabn. Mensch, hot die einen Wind gemacht, su, als war dr Herr Jesus salber bei ihr eigekehrt, »und was sagt man Schönes, wenn der Herr Pfarrer sich verabschiedet?« – »Gott sei Dank!« Ingolf, dos hast du gut gemacht! Über suwos kaa ich mich echt amüsiern!

De Beate freegt ihr Mutti: »Ist der liebe Gott krank?« – »Aber Kind«, drwidert de Mama fast entrüstet, »wie kommst du denn auf solchen Quatsch! Wie kann Gott denn krank werden?« – »Weil in der Zeitung steht: »Der liebe Gott hat Herrn Doktor Wassmeier zu sich gerufen!«

E Ordensschwaster macht sich offn Waag zur Operation und hot machtige Angst vür denn Eigriff. »Herr Doktor, mir is sehr bange; ich war noch nie zur Operation – es ist meine erste!« – »Ich weiss, Schwester Theresa, ich weiss, wie Ihnen zumute ist«, sogt dr Arzt, »es ist auch meine erste!«

Pfarrer Ringelnatz hot sein Ministrant Edgar beim Äppelmausen im Pfarrgarten drwischt. Nu zieht'r denn Sünder de Läffeln lang und wattert: »Du weisst genau, dass du ehrlich zu sein hast, Edgar! Du weisst, dass eine höhere Macht über uns ist, die alles sieht und vor der ich selber ein elender Wurm bin.

Weisst du, wen ich meine?« – Dar ertappte Gung nickt und sogt: »Ihre Haushälterin!«

Gunge Leit machen e Fahrroodpartie. Unterwaags halten se bei enn Wirtshaus aa, um wos ze trinken. Dr Sebastian muss mol austraaten, hot aber Angst, aaner vun seiner Truppe kännt aus sein Cola-Gloos trinken, während er bei dr »Frau Meyer« is. Deshalb schräbbt'r off enn Zettel: »Habe in die Cola gespuckt« und legt ne off sei Gloos. Als er wiederkimmt, liegt sei Zettel zwar noch drauf, aber aaner hatt druntergschriebn: »Ich auch!«

Dr Benno kimmt nein Gottesdienst und macht enn racht uausgeschloofene Eidruck. Als ne sei Pfarrer dodraufhie aaspricht, sogt'r: »Dos is schlimm bei uns drham, mei Schwaster lässt mich dr Nacht kaum noch schloofen. Jedes Mol, wenn die e Geraisch härt, denkt se is wärn Eibracher, kimmt an mei Kammertür und weckt mich!« – »Vielleicht kannst du sie beruhigen, wenn du ihr klarmachst, dass Einbrecher still sind und keine Geräusche machen«, rät ne sei Pfarrer. Is nächste Mol kimmt dr Benno nein Konfirmandenunterricht und sieht noch viel kaputter aus. »Herr Pfarrer, Ihr Root war gut gemaant, aber bracht nischt ei! Itze weckt die mich aah dann, wenn se kaa Geraisch härt! Sie glaabn gar net, wie oft die dr Nacht über naa meiner Tür pucht!«

An und für sich is dr klaane Eberhard kaa schlachter Gung und Schüler. Schwaar allerdings isses, denn beizebringe, doss er de Erwachsene mit »Sie« aazesprachen hot. Mir persönlich isses egal, wie de Kinner mich aasprachen, aber nooch mir giehts halt net. Dos will denn Kind aafach net nei sein Käppel, doss es »Sie« sogn soll. Fast jeden Toog mahnt sei Mama: »Eberhard, mark dir dos endlich mol, doss du ze de Lehrer und zum Herrn

Pfarrer net »Du« sogn darfst!« Am nächsten Toog freegt dr Pfarrer in dr Christenlehre dos Kind: »Nun, Eberhard, nenne mir einmal das siebte Gebot«. – Dar Gung stieht auf und sogt nei dr Klasse: »Sie sollen nicht stehlen!«

»Hören Sie mal, Frau Winkelzug«, beschwert sich dr Pfarrer Steiniger, »Ihr Sohn warf gestern einen Stein nach mir«. – »So, und wo hat er Sie getroffen?« – »Getroffen hat er mich zum Glück nicht«. – »Dann war es nicht mein Sohn!«

Dr Winfried kimmt aus dr Konfirmandenstund und is stinksauer off sein Pfarrer. Am Mittogstisch bekloogt er sich: »Dr Pfarrer hot mich heit sehr beleidigt. Wisst ihr, wos dar ze mir saat? Ich wär e ‚Halbidiot'!« Do fängt sei Schwaster Christine aa ze lachen und verteidigt in Pfarrer geroodezu: »Do kasst du wieder mol saah, wie aastännig unner Pfarrer is, doss dar dir net de ganze Wahrit gesaat hot!«

»Wo hast du denn das neue Fahrrad her?«, drkundigt sich Mama Juliane bei ihrn Herrn Sohn Ullrich. »Das war so«, fängt'r geschwolln sei Drkläring aa, »das Rad stand unverschlossen am Friedhof. Kein Mensch weit und breit. Da dachte ich, dass der, dem das Rad gehört, verstorben ist. Und da habe ich es einfach mitgenommen«.

Freegt de Schnacken-Mama ihrn hoffnungsvulln Schnacken-Sohn: »Mein Junge, was ist dein grösster Wunsch?« – Dr Sohn überlegt net lang und sogt: »Einmal in eine Radarfalle zu geraten und wegen überhöhter Geschwindigkeit verurteilt werden!

## GEBAAT VUN ENN KIND:

Lieber Gott, bitte mach aus mir enn braven Gung! Papa und Mama schaffen dos net! Die tunne mir echt laad! Amen. – Dei Robert!

## USTERGELACHTER

Früher wars in dr Kirch Sitte, doss dr Pfarrer zu Ustern im Gottesdienst dr Gemeinde wos drzeehlet, su doss de Leit mol herzhaft lachen konnten. Dos nennt mer dann »Ustergelachter«. Worum dos? Ganz aafach, weil mir seit dr Auferstehung vun Herrn Jesus wos se lachen hamm. Su aafach is dos. Schliesslich sei mir in dr Kirch kaa Wachsfigurnkabinett, dos laablus vür sich hiestarrt. Su klatschen mir aah Beifall für Musik und Gesang. Wie soll mer sich annersch bedanken känne?!

Losst mich itze mol eire Lachmuskeln, sufern ihr noch welche habt, e klaanes bissel straacheln. – Dr Gustav und sei Ernestine sitzen am Abndbrottisch. Dr Alte liest in dr Zeitung, stockt und rufft: »Ernestine, horch mol, wos do stieht: ›Alle berühmten Männer hatten unbedeutende Väter‹!« Verschmitzt guckt de Ernestine unter ihrer Brill vür und maant: »Ein Segn, do hot ja unner Leopold noch alle Chancen!«

»Versalat«, schimpfet dr Hans, »guck när mol, Marianne, wos ich mir fürn Holzspaa nein Finger gezugn hob! När wie weh dos tut!« Sei Marianne triumphieret: »Kaa Wunner, Hansi, hast dich wahrscheinlich wieder mol an dein Kopp gekratzt!«

Dr alte Grätzel-Doktor freegt drubn offn Aschbarg de Schneider-Lene: »Na, liebe Frau Schneider, wie gehts, wie stehts?« – »Su halbwaags giehts schu, Herr Doktor, mer kaa drmit laabn«. – »Und was machen die Winde?«, will dr Doktor wissen. – »De Winde? Ach, mei Guter, do hätten Se heit Nacht mol hubn sei müssen, die hamm bald is ganze Haisel oogedeckt!«

Beim Nachbar kehrt dr Grätzel aah ei, beim Pittersil-Karl. Dar freegt sein Hausarzt, ob sei Krankit laabnsgefahrlich wär. Dr Doktor sooss in aller Gemeütsruh offn Kanapee, stecket sei Tobakspfeif in Brand und saat »Ganz und gar nicht, Herr Pittersil, wäre das der Fall, hätte ich Ihnen längst die Rechnung zukommen lassen!«

Ze mein Vorgänger, zum Brenner-Helmut. Denn hatten se in de fuffziger Gahr sein Mantel gemaust. Dos war die Zeit in daare e Pastor jeden Pfeng zammnamme musst bei denn klänn Gehalt. Zwee Wochen drauf kam aaner vun Kirchnvürstand und freeget vuller Anteilnahme, ob sei Pfarrer noch nischt vun sein Mantel gehärt hätt. – »Doch«, saat dr gute Helmut, »teilweise findet er sich langsam ein, zu Ostern lagen bereits zwei Knöpfe im Kollektenbeutel.«

Langsam, aber sicher kumme mir zum Schluss. Wos aber wär e »Ustergelachter« uhne Kinner? Dos wär wie e Reitschul uhne Pfaar oder wie e Mühlrood uhne Wasser. Kummt also mit nei dr Sachsenbarger Schul. Do sogt de Direktorin, de liebe Frau Thomä: »So, Kinder, heute behandeln wir das Thema Verantwortung. Wer von Euch möchte uns erklären, was es mit der Verantwortung auf sich hat?« Dr Gregor, dar nie verlaagn is, wenns üm ne Antwort gieht, sogt e klares Wort, klarer giehts gar net: »Also Frau Thomä, passen Se itze mol gut auf! An meiner Hus sei seltsamerweise alle Knäpp oogefalln bis off enn, und dar aane Knopp treegt itze de volle Verantwortung!« – »Ustergelachter«! Ach, du kunntst net lachen? Aah net bissel lächeln? Nu suwos. – Dann wards hächste Zeit, doss dir dr alte Grätzel-Doc dei Rachning zukumme lässt!

## DAS WEINEN

ist dem Menschen angeboren, aber das Lachen will gelernt sein.

*Max Pallenberg*

## WOHL BEKUMMS!

Originale wardn immer wäniger. Aans vun denne is dr Wunderlich-Fred, dar is »Postel« fährt. Dos is e Paketauto und verkehrt zwischen Schwarzenbarg und Ritterschgrü.

Hatt jemand in Bus oder de Bimmelbaah verpasst, war immer noch is »Postel« für ihn do. Wos in Fred aaging, dos war e Maa mit gesegnten Appetit! Drei Sammeln, e. Polnische und e halb Pfund Hackepeter schaffit dar in knapp zaah Minuten hinter. Beim Flaascher is dar gleich ins Schlachthaus gange und bläket: »Is schu wos fartig? Warmer Schinken? Hackepeter?« Emol sullt ne aber sei Frasserei neigestrichen wardn. Beim Seifert-Flaascher hot e Eisenbahner mit ausgeholfen, denn dr Eilnspiegel im Genick sooss. Lief dar net mit dr Fliegnklatsch offn Bahnhuf rüm, stand er mit im Schlachthaus. Do ruppets de Tür auf, und dr Fred rufft: »Habt ihr wos fartig für mich?« – »Alles fartig«, saat dr Fahrdienstleiter. Heit aber sullts denn Fred an de Baa gieh. Dr Fred schnappet sei Packel und saat: »Manner, ihr seid net mit Gald ze bezohln!« Nooch zwee Stund hot'r denn Satz zaahmol bereit! – Während dr Fred mit seine Dritten sei Assen neikatschet, fanden sich drei Weibsen ei, die mit nooch Schwarzenbarg fahrn wullten. Die aane soog aus wie de Jenny Jugo aus su enn Maantig-Ohmd-Film. Die passet mit ihrn braatkrampiten Hut gar net nei unnerer Gebirgslandschaft. Die zwee annern warn uhne Koppschutz. Endlich war dr Fred fartig, liess in Motor aa, und in denn Moment huppet dr Günther-Hans, mei ehemoliger Klassenlehrer, noch ins »Postel«. De Fahrt ging lus, und se warn noch net ganz bei dr Schöne-Liesbeth, die enn Klamottenlooden hatt, do vernahm dr Fred seltsame Klänge im Gedärm. Er rutschet off sein Sitz hie und haar, wos die Weiber aus Leipzig net mitkriegeten. Die sange aa Loblied noochn annern über de Ritterschgrü, während dr Fred aahielt und saat, er müsst in denn Looden wos oogaabn. Nooch fümf Minuten kam er wieder und strahlet: »Es kaa wettergieh!« Und die Stadtweiber finge wieder aa, de Ritterschgrü aazebaaten. In Fred hot denne ihr Gekaas überhaupt net intressiert. Ob in dr »Waldburg« e wunderbare Bedienung is oder dos Dorf eigebett' is in liebliche Walder und Falder, dos war in Fred scheissegal, denn dar hatt in dr Sternkopp-Schneidmühl wieder wos oozegaabn. Dr Günther-Hans hot sich schu gewunnert, wos dar immer oozegaabn hatt, dar trug ja nie wos in seine Händ. In Niederglubnstaa hielt'r an dr »Talschänk«, weil er, wie er saat, in Wirt wos ausrichten müsst. Wos war heit bluss mit denn Fred lus!? In daare Zeit hätt mer bis Schwarzenbarg laafen känne. In Günther-Hans war unterdessen klar wordn, wos dr Fred in jeder Kurv »oogaabn« musst. Dr »Sauteich« kam in Sicht. Statt Haiser standen dort när Baam und Straicher. Und is »Postel« hält! Dr Postillion stieg aus und maanet, dr Auspuff tät krachen. Wos für Auspuff? Die drei Weiber hatten net de geringste Ahning vun denn, wos hier oogeloffen is. Die saaten vergaabns in dr »Sauteich-Wildnis« Aah und Ooh! Dann endlich war Schwarzenbarg in Sicht! Und hier kännt mer klassisch wardn und zitiern: »Erreicht den Hof mit Müh und Not …!« Die Leipziger Lerchn stiegn aus und bedanketen sich aans üms annere Mol. Dr Günther-Hans scheeset in Stadtbarg nauf, und dr Fred sooss im »Postel« und musst, ob er wullt oder net, sei letzte »Oogabe« dort drinne vullenden!

Wos sei Fraa saat, als er hamkam, wass ich net. Wissen tu ich aber, wos de Ursach daare vieln Halterei gewaasen is. Dr Seifert-Flaascher und sei Bahnhufsvürsteher hamm denn arme Fred Fuchslaaber nein Hackepeter gematscht. Die kunnt niemand saah, aber üm su darber spürn! Rizenusöl und Sennesblätter sei Fuchslaaber gegnüber kalter Kaffee! - Dr Fred

war zwee Toog lang eigeschnappt, kam aber am dritten Toog wieder. Die Tür zum Schlachthaus ging auf, und e Stimm rief rei: »Habt ihr schu wos fartig? Is dr Hackepeter aagericht?« – Alles fartig, Fred! Wohl bekumms!

## MISSVERSTÄNDNIS

Denk ich an de Seltmann-Hulda, die Toog für Toog mit ihrn schwarn Tragkorb vun Schwarzenbarg nooch dr Ritterschgrü gefahrn is, muss ich schu sogn, doss die arme Fraa wos leisten musst. De Hulda war e Butenfraa und schleppet für de Ritterschgrüner wer wass wos mit ihrn Korb eham. Wos hatt die bluss alles drinne in ihrn Buckelkorb: Schnürsenkeln, Zwirn, Klippelbrief und Saaf; Strumphaltergürteln, Püpple, Ümstecknoodeln und annersch Zeig. Emol, ich wass noch wie heit, is ihr e daamisches Missgeschick passiert. In Schwarzenbarg stieg se nein grussen Zug, üm bis Grüstaadtel ze fahrn, wu se dann umstieg ins »Bussel«, wie mir ze unnerer Bimmelbaah saaten. Dr grusse Zug fuhr wetter nooch dr Rasche und Markersbach bis Annebarg. Als mei Hulda in Grüstaadtel aussteign will, ma-

chet die net vürwarts zum Zug raus, sondern mitn Hintertaal zearscht. Dos ging lächter, wenn se denn grussen Korb off ihrn Buckel hatt. Wie se su zwischen Tür und Angel schwebet, sprang e gunger Karl hie ze ihr und wullt behilflich sei. Bluss, dar dacht, de Hulda hatt Schwierigkeiten beim Eisteign und schub se wieder dorthie, wu se haarkam. Junge, Junge, ging dos schwaar! Mit all seiner Kraft dr Jugend hot dar gerammelt und gewürgt, doss er die alte Fraa nein Zug krieget! Endlich! De Hulda war drinne, und mit enn gewaltign Schwung hauet er de Tür naa. Dr Lochmann-Paul, wos dr Fahrdienstleiter war, hub sei Fliegnklatsch und fort gings. »Hulda, wos fuchtelst du dä heit mit deine Arm su rüm?«, denkt dr Paul und wunnert sich schu, doss se mitn grussen Zug wetterfährt. Hoffentlich is daare Guten in dr Rasche dos Theater net noch mol widerfahrn! Naja, irgndwie ward se hamkumme sei. Su isses aber: Willste e gutes Wark tu, kaa mitunter aah is Gegntaal rauskumme!

## SELTSAMER HALS

Vieles, wos sich off unnerer Bimmelbaahstreck oogespielt hot, entspricht dr Wahrit; sicher is denn »Bussel« aah mannichs aagedicht' wordn. Dos is wie mit de grünn Kliess. Jeder behaupt, se wärn off sein Mist gewachsen. De Vogtländer sogn: »Dos sei unnere Kliess und haassen aah net Kliess, sondern Knödle. Mir kochen die aah net bluss, mir backen se aah – dos sei dann gebackene Knödle, die ze alle Flaascharten gassen wardn. Ihr asst die ja när zen Appelmus!« Stimmt! Und schu malden sich de Thüringer und versichern: »Quatsch alles! Vun uns kumme de Kliess, die sei in dr Nähe vun Hörselbarg entstanden! Getraut eich ja nimmer ze sogn, se käme vun eich aus Sachsen!« – Und wie kaas annersch sei, itze fange de Arzgebirgler aah ze sprudeln und verteidign de Kliess als ihr Drfindung! »Dos is unner Weihnachtsassen, und dos kaa när vun uns kumme, ausn Weihnachtsland! Ihr känt kaasen, wos ihr wullt, de grünn Kliess hamm ihr Wurzel im Arzgebirg! Wos gieht uns dr Hörselbarg aa, und mir känntnen uns nie und nimmer vürstelln, doss se in Auerbach oder in Falkenstaa unnere Kliess drfunden hätten! Die kumme vun uns und Basta!« Waar hot nu Racht? Wuhaar kumme se wirklich? Und wu is dos und gäns passiert, wos su drzehlt ward?

Is dos, wos dr Neibert-Egon drzeehlt hot, Dichtung oder Wahrit? Ich wass aah net. Wos ich aber wass: es is schie, drüm drzeehl ichs eich wetter. Also passt auf: do war e klaaner Gung, dar mit seiner Mama im »Bussel« nooch Grüstaadtel fährt. Dar Klaane, nenne mir ne mol Karli, setzt sich mit seiner Mama off e altes Holzbankel im Zug, und in Unterritterschgrü steigt e alter Maa zu und setzt sich, denn Mutter-Sohn-Gespann gegnüber. Dr Karli hot, wie Kinner aamol sei, denn alten Herrn vun ubn bis unten gemustert; vun rachts nooch links, rundrüm also. An denn muss wos draagewaasen sei. Dos war aaner mit »Besondere Kennzeichen«. In setten Fälln stieht dann im Ausweis: »Narbe an der linken Wange« – »Muttermal am rechten Oberarm« – »Knick in der Pupille« …! Nu wass ich net, ob dos »Besondere Kennzaachn« vun denn alten Herrn aah aageführt wordn is in sein Ausweis. Dar hatt nämlich enn fürchterlich grussen Kropp. Feine Leit sogn aah »Adamsapfel« drzu. Mensch, hatt dar ein Ding draasitzen! Gruss wie e Hühnerei oder wie e Kluss aus … Thüringen? Egal wuhaar! Kinner aber halten net hintern Barg, aah dr Karli net, die sogn, wie ses drinne hamm. Su sogt dos Gungel ze denn Maa: »Du hast aber enn komischen Hals!« De Mama war ner Ohnmacht nahe, wu se dos härit. Eh die aber wos unternamme kunnt, drwidert dar Alte: »Wenn du nicht anständig bist, fresse ich dich!« Aah noch Huchdeitsch hot dar geräd't. Dar war net mol ausn Arzgebirg, aber dos machet in Karli gar nischt aus, dar saat in seiner Ubekümmertheit: »Eh du mich frassen kasst, musst du denn arscht hinterschlucken, denn de noch in dein Maul hast!« De Mama soog aus wie e Kallichwand. Wos die aber draussen mit ihrn Karli gemacht hot, wass ich aah net.


## DIE FREUDEN,

die in der Heimat wohnen, die suchst du vergeblich in fernen Zonen.

*August Mahlmann*

# FRAA UHNE FURCHT UND TADEL!

Dos kasste laut sogn, und ich kaa dos vull und ganz unterstreichn. Ich kaa's kaum glaabn, aber es is su, dreissig Gahr stacken mir schu in Klingethol. Und wenn du die Zeiln liest, musste mindestens noch zwee Gahr naahänge. – Heit führ ich eich zerück ins Wendegahr und waar die Episode schildern, die net uintressant is. Ende Oktober! Während ich mit etwa vierzig ältere Leit aus dr Ephorie Auerbach in dr »Zionsstille« in Schöneck e Rüstzeit hielt, spielet sich im Sachsenbarger Pfarrhaus e »Flüchtlingsdrama« oo. Sachsenbarg is Klingethol Dreie und liegt zwischen dr Neie Walt und in Aschbarg. Mühlleithen gehärt kirchlich aah drzu. Jedenfalls krieget mei Fraa uverhofften Besuch, und dos drei Toog vürn Reformationsfast. An dr Haustür klingelts, und waar stieht draussen? E Maa off dr Flucht. Uhne grusses Trara lässt ne mei Fraa ins Haus. Ihr Mutter aber, die uns in die Toog besuchen tat, staunt net schlacht über denn Mut und die Grusszügigkeit ihrer Tochter. Am Abndbrottisch drzeehlet er sein Haargang und wullt su bald wie möglich über de Bähmische Grenz. Am nächsten Toog isser aufgebrochen. Off die Froog meiner Fraa, worum er geroode bei uns eigekehrt war, maanet er: »Ganz einfach, die brennende Kerze im Fenster gab mir die Gewissheit, dass hier Gleichgesinnte wohnen müssten. Das Licht wirkte einladend und vertrauensvoll auf mich, so dass ich mir ein Herz fasste und bei Ihnen läutete«. Und ich sooss mit meiner »reifern Jugend« drubn in dr »Zionsstille« und ahnet net im Geringsten, wos sich drham in dr Pfarr' oospielet. – Als ich zum Reformationsfast noochmittig eigetrudelt bie, war dar flüchtige Gast immer noch do. Dos haasst, dar war wiederkumme, weil er drubn offn Aschbarg net über de Grenz kam. Polezei und Zoll hot dermassen kontrolliert, su doss e Flucht unmöglich war. Unner Flüchtling stook in enn Gestrüpp naabn dr »Aschbarg-Schänk« und hot off e günstige Gelaagnheit gewart', in daare er über de Grenz kam. Und die Gelaagnheit is net kumme. Mit Müh und Nut kam er wieder ze uns runter. Noochn Abndbrot tat ich noch für ihn baaten, sacket ne nei mein Trabbi und schaffet ne nauf an de Grenzstrooss, wu er unter dr Gelannerstang in de Bähmische Finsternis verschwand. De Luft war raa, und er marschieret lus. Sei Ziel war Karlsbood, wu ich ne de Adresse vun unnern Freind Stanislaw Ullmann gaabn hob. Dar wieder alarmieret sein Pfarrer, dar unnern Flüchtling mit sein Auto nooch Prag in de Deitsche Botschaft bracht'. Ihr Leit, wos sich hier oospielet, war tätige Nächstenliebe, die sich aah in Gefahr begaabn hot. Suweit, sugut. Paar Toog drauf stellet sich raus, doss mirs net mit enn Flüchtling ze tu hatten, sondern mit enn Miststück, doss off uns aagesetzt war. När wie scheiheilig dar sich gaabn hot. In dr Nikolaikirch wär er mit aktiv gewaasen. Dar Maa spielet sich auf wie dr beste Freind vun Pfarrer Führer. E Schauspieler, wie's kann zweeten gibt! Und wu er aagaablich net über de Grenz kumme war und im Gestrüpp ausharrn musst, war dar Gauner bei seine Stasifreinde und hulet sich Aaweisung für sein nächsten Streich. Und mir sei off denn sei Spiel neigeflochen! De aanzige war mei Schwiegermutter, die denn Landfrieden net trauet. Ja, die Schwiegermütter, die hamm net salten in Riecher an dr richtign Stell! Verachtet mir dos »Schwieger« net! – Ein Segn, doss alles su gut ausgange is, schliesslich hamm mir net när uns in Gefahr gebracht, sondern aah unnern Freind und sein Pfarrer in Karlsbood! Alles in alln: über uns und üm uns rüm warn de Engeln Gottes, und ER salber war drbei!

Zammfassend muss ich noch sogn, doss mei Gisela richtig gehannelt hot, se wusst ja net, waar wirklich drhinter stook, als es geklingelt hatt! Maadel ein Segn, doss es dich gibt!

# IM PARK

Ein ganz kleines Reh stand am ganz kleinen Baum
still und verklärt wie im Traum.
Das war des Nachts elf Uhr zwei.
Und dann kam ich um vier
morgens wieder vorbei,
und da träumte noch immer das Tier.
Nun schlich ich leise – ich atmete kaum
gegen den Wind an den Baum
und gab dem Reh einen ganz kleinen Stips.
Und da war es aus Gips.

*Joachim Ringelnatz*


## »KIRSCHEN MIT GÄNSHAUT«

»Mama, ob ich in diesem Sommer wohl einen Bikini tragen darf?« »Nein, Walter!«

In enn Antiquitäten-Salon lässt sich e Dame vun ner aisserst geschäftstüchtign Verkäuferin bediene. Die dreht daare, wer wass wos aa, und sogt unter annern: »Dieser Schrank hier ist besonders wertvoll. Er ist Spätgotik!« Do kimmt dr Holzwurm aus dr Tür gekrochen und warnt im Flüsterton: »Glauben Sie der kein Wort, ich bin noch nicht einmal volljährig!«

Dr Gottschalk-Werner kam ausn Urlaub eham und schwärmet sein Nachbar wos vür, wie schie dos off Hiddensee gewaasen wär. »Stundenlang soossen mir vürn Kamin und hamm in de Flamme geguckt. Ach war dos schie!« – »Dos hatten mir net nötig«, saat dr Nachbar, »mir hatten in unnern Hotel enn Fernseher!«

Offn Wochenmarkt in Eibnstock gicht de klaane Marlene an Obst- und Gemüsestand und möcht Erdbeer kaafen. Leider fällt denn Kind dar Name net ei. De Marlene aber wusst sich ze halfen und saat: »Ich hätt gern e Schachtele Kirschen mit Gänshaut!«

»Wenn ich groß bin, will ich Polarforscher werden«, sogt dr Oliver ze seiner Mama, »und heute beginne ich mit den Berufsvorbereitungen«. – »Wie soll ich das verstehen, Oliver?« – »Gib mir bitte einen Euro für ein Eis!«

»Mutti, ich hob e gute Noochricht!« – »Du hast also e Aans in Mathe?« – »Ich saat, e gute Noochricht und kaa Wunner!«

»Wie gefällt dir mein Kamelhaarmantel, Charlotte?« – »Sehr gut, der sitzt wie angewachsen!«

Geburtstoogsfeier bei Seemanns. In vürgerückter Stund, is ging lang off Mitternacht zu, do sogt de Seemanne: »Jetzt gebe ich ein Lied zum Besten. Ich werde ›Am Brunnen vor dem Tore‹ singen«. – »Ziehen Sie sich aber bitte etwas drüber«, empfiehlt dr Herr Pichler, »es ist empfindlich kühl geworden!«

»Auf Wiedersehen«, verabschiedet sich e Gast bei dr Gastgaabern, »das war der schönste Tag meines Lebens«, – »Ach, sagen Sie das nicht, Herr Leberecht«. – »Doch, das sage ich immer, Frau Merkel!«

E Kellner sogt ze enn aufgeregten Gast: »Mein Herr, wie können Sie sich über die schlechte Bedienung beschweren? Sie hatten doch bis jetzt noch gar keine!«

Wütend beschwert sich e Gast im »Weissen Hirsch« beim Ober: »Das ist ja ein Skandal! Von den Frikadellen, die ich vor zwei Wochen bei Ihnen gegessen habe, hatte ich eine Fleischvergiftung bekommen!« – »Lachen Sie mal laut«, kontert dr Ober gelossen, »in unseren Frikadellen ist gar kein Fleisch!«

Zwee Beamte unterhalten sich am Maantig beim Frühstück. Dr Grämlich katscht off seiner Sammel rüm und freegt in Weinbarger, dar an seiner Kaffeetass nippt: »Wie spät haben wir es, Kollege?« – »Neun Uhr«. – »Du meine Güte, die Woche zieht sich ja wieder hin!«

E Bauerschfraa ausn Allgäu kimmt zur Beichte. Im Beichtstuhl hot se ihrn Pfarrer naagebüschbert: »Hochwürden, jetzt kommt eine grosse Sünderin zu Ihnen. Gestern stand ich vor dem Spiegel und sagte zu mir: »Josepha, du bist die Schönste im Dorf!« – »Ach was, das ist doch keine Sünde, meine Tochter, das ist ein Irrtum!«

Dr Heller-Bauer sogt ze sein Nachbar: »Seit Gahrn hob ich zwee Pfaar im Stall, die sich su ahnlich sanne wie aa Ei in annern. Ich kunnt die noch nie ausenannerhalten«. – »Und itze kasst du's?«, freegt dr Nachbar. – »Ja, ich hob durch Zufall rausgefunden, doss is braune längere Ohm hot als is weisse!«

Dr Meichsner-Frieder kimmt nei dr Skoda-Warkstatt, üm sei altersschwache Hutschachtel oozehuln. »Na, Jens, hasst dir mein Woogn gründlich aageguckt?« Du liebe Zeit, »Woogn« sogt dar aah noch ze daare Rostlaube. – »Hob ich« maant dr Jens, »an daare Kist gibts när aa Stück, wos kaa Geräusch macht, und dos is de Hup!«

In de Krankenhaiser kasste net salten dei Blaues Wunner drlaabn. Do hatten se in Pfarrer Schumann operiert. Dar loog in sein Bett und war selig, doss alles vorbei war. »Fraae Se sich net ze früh«, maanet sei Bettnachbar, »mich mussten se noch mol aufmachen, weil dr gescheite Herr Professor e Pinzett aus mein Bauch vergassen hatt rauszenamme!« – Do härit mer vun Gang haar de Stimm vun dr Oberschwaster: »Hat jemand die Brille vom Herrn Professor irgendwo liegen sehen?«

Dr Bischof in Draasden saat ze enn gunge Vikar: »Also mein lieber Bruder Semmler, ich schicke Sie ins Vogtland, nach Hinterwurzeldorf. Die Leute dort sind sehr weitherzig und freundlich, und auch die Gegend ist reizvoll. Reine Luft, prächtige Wälder – was wollen Sie mehr?« Dr Semmler is trotz alln Schmus enttaischt und maant: »In so ein Kuhdorf schicken Sie mich, Herr Landesbischof? Wo sich Fuchs und Hase gute Nacht sagen?« – »Sehen Sie, sogar Füchse und Hasen sind dort nett zueinander!«

In Wien hält su e richtige Berliner Grussgusch enn Eihaamischen aa und freegt: »He Dicka, wo issn hier euer Stefansdom?« Dar Wiener gibt sich charmant und drklärt: »Ja, bittscheen, der Häär, do geens die Straassn herunter, und unten rechts, da sehns schon unsern Stefansdom. Aber das nächste Mal kenndens doch etwas freindlicher auftreten!« – »Nee, mein Guter, da verloof ick mir lieber!

Dr Norbert, e gunger Polezist in Auerbach, stoppt hinter dr Ampel enn Rotlichtsünder und drkennt in denn sein ehemolign Religionslehrer. Dos kam ihm geroode racht! Itze kunnt dr Norbert e alte Rachning begleign. »Herr Esselbach, jetzt schreiben Sie hundertmal: Ich darf bei Rot nicht über die Kreuzung fahren!«

Im Religionsunterricht freegt dr Jakob sein Lehrer: »Herr Ploss, worum gibts bei uns für jeden Begriff mindestens zwee gleichbedeitende Wörter, zum Beispiel ›speisen‹ und ›assen‹ oder ›sicher‹ und ›gewiss‹?« Do drklärt dr Herr Ploss: »So gleichbedeutend sind diese Wörter gar nicht. So speiste Jesus zwar 5000 Menschen, aber er ass sie nicht! Und wenn man an einen sicheren Ort geht, ist das etwas anderes, als wenn man an einen gewissen Ort geht!«

Dr Geschäftsführer vun enn grussen Supermarkt bittet in Katholischen Pfarrer bei dr Eröffnung des Markts, doss er denn weiht. Dr Pfarrer macht dos. Am Schluss kimmt e Maa zu ihm und freegt: »Hätten Sie für mich noch etwas Zeit?« – »Sicher, haben Sie auch ein Geschäft?« – »Ja, den kleinen Gemüseladen nebenan.« – »Soll ich den auch weihen?« – »Nein, ich habe eher an die letzte Ölung gedacht.«

## GENIAL ODER DUMM-INTELLIGENT?

Off aaner Gemeindeausfahrt nein Allgäu schenkten mir unnere Busleit am Schluss e Holzbrattel, in dos e grussspuriger Spruch neigebrannt is. Do stieht: »Hier arbeitet ein Genie und keiner merkts.« Ihr glabbt gar net, wie mich dos geehrt hot. Mei Brust is mir regelracht geschwolln bei die Wort. Nu hängt dos Brattel naabn daare Tür, die in mei klaanes Aarbetszimmerle führt. Aarbetszimmer, wohlbemarkt! In meine Dienstgahr suwie im Ruhestand hatt ich nie e »Amtszimmer«! Dos war und is e Aarbetszimmer und gut! »Amtszimmer« is für mich meitoog e Fremdwort gewaasen! Wos denn Spruch aagieht, dar mich zum »Genie« erhäbbt, do kaa ich bluss sogn: ein Glück, doss mer über sich lachen kaa! Ich salber kännt mich nie als genial eistuffen, weil ich kaa Genie bie. Dos Prädikat, dos ich mir gaab, haasst Dumm-Intelligent. Dos passt eher ze mir. In enn meiner Bücher hob ich mich schu mol su bezaachnt.

An enn Beispiel will ich eich dos itze deitlich machen. Mei Fraa, domols warn mir noch net verheirat', is in Hoyerswerda bei enn klänn Gung vun ihrer Aarbetskollegin Poot gewaasen. Ich war noch offn »Paulinum« ze daare Zeit und kaam vun Berlin ze daare Feier drzu. Weil dos aber e Katholische Taaf war, machet ich mich in denne ihrn Pfarramt kundig, wu und wie alles verläft. Suweit, sugut. Halb Zwee klingelt ich an dr Pfarr. E Fraa öffnet mir und freeget nooch mein Begehr, und ich Rindvieh kunnt daare e dümmere Froog net stelln: »Sie sind wohl die Frau Pfarrer?« Wos Dooferes kunnt mir wirklich net eifalln! Die arme Fraa muss sich ja verarscht vürkumme sei und ich mir bekloppt! In denn Moment hatt ich enn Aussetzer, dar mich net Dumm-Intelligent erscheine liess, sondern dumm! Dümmer gings net!

Ehrlich, gesaat, ich bie fruh und dankbar, doss ich mich durch all die Dienstgahre durchfitzen kunnt. E ältere Fraa in Klingethol saat mol ze mir: »Sie gehärn nooch Draasden und net nooch Klingethol!« Daare ihrer Maaning nooch hätt ich »Gaben für de Grossstadt und net für de Provinz«. Wu ich dos härit, dacht ich: guck aa, guck aa, es gibt noch mehr Leit, die off dr »Dumm-Intelligent-Schiene« fahrn. Sicher sei mir sette gravierenden Fahler wie in Hoyerswerda net noch mol unter de Händ kumme, aber hinnewieder musst ich mir eigestieh, doss mei Holzbrattel naabn dr Tür e grusser Witz is ! Off dr annern Seit aber bie ich fruh, doss ich su bie wie ich bie. E zefriedener Pastor offn Land is zaahmol besser draa als e uzefriedener Pastor in dr Stadt. In dr Stadt wär ich schu deshalb uzefrieden, weil ich uhne Landluft und Landleit net laabn kaa! Wisst ihr noch, wie ich bei ner Hochzig mol »Liebe Trauergemeinde« statt »Liebe Hochzeitsgemeinde« saat? Dos hot nischt mit Dummheit ze tu, dos sei peinliche Verspracher, die aah gescheiten Haisern rausfahrn känne. Doss ich denn uverantwortlichen Verspracher wieder ausbügeln kunnt, dos hängt mit meiner Dumm-Intelligenz zamm, wu ich diesmol de Intelligenz unterstreichn möcht. – »Hier arbeitet ein Genie und keiner merkts«!

## »1 × 1« UND ZEHN GEBOTE

Die Überschrift musste natürlich in Mundart laasen, und do haasst se su: AAMOLAANS und ZAAH GEBOTE! Wisst ihr, wu ich naus will? Ich möcht eich mit nei dr Schul und nei dr Kirch namme. Dort wärs net intressant? Do wär alles su langweilig? Hast du ne Ahning! Also kumm, die warten off dich!

Unmöglich, wos in manchen Familien für seltsame Gespräche oolaafen. Kimmt dr Christian aus dr Schul und zeigt seiner Mutter is neuste Zeignis. Die liest und wattert lus: »Typisch Christian! Du hast ja schu wieder im Betroogn e Fümfe! Mei lieber Freind, do is Schluss drmit, namm dir endlich mol e Beispiel an dein Vater! Dar is schu zweemol waagn guter Führung entlassen wordn…!«

De 6. Klasse in dr »Heinrich-Heine-Schul« schräbbt enn Aufsatz über dos Thema »Was ist Faulheit?« – Als de Lehrerin die Aarbeten ei sammelt, gibt dr Arnold e fast leeres Blatt oo. Zwee Wort stinne do bluss drauf: »Genau das !«

Dr Maximilian liegt mit ner Gripp im Bett. Dr Fischer-Doktor kimmt und untersucht ne gründlich. Do guckt dos ausgekochte Gungel sein Doktor aa und maant: »Ich vertroog de Wahrit, Herr Doktor. Muss ich wieder in de Schul?«

Dr Lehrer Grumbach drklärt: »Also, liebe Freunde, merkt euch eines: Alles, was Federn hat, legt Eier!« – Do staunt dr Gerd: »Is dos wahr? Dann müssten ja aah de Indianer Eier legn känne!«

»Warum hast du gestern im Unterricht gefehlt?«, freegt dr Lehrer in Mario. – »Mir hamm gestern Familienzuwachs kriegt«, drwidert dar gerissene Krakel. – »Brüderchen oder Schwesterchen?« – »Stiefpapa!«

Zwee Zaahgährige unterhalten sich offn Schulhuf. Freegt dr Lothar: »Sog mol, Helmut, guckst du aah durchs Schlüsselloch, wenn dei Schwaster mit ihrn Freind allaane is?« – »Naa, dos gieht net!« – »Worum gieht dos net?« – »Weil do schu de Mama und dr Papa stinne …!«

»Ich verstieh net, worum ich ubedingt Englisch lerne muss!«, gammert dr Dietmar bei de Hausaufgoobn. – »Aber Kind, de halbe Walt spricht heitzetoogs Englisch«, belehrt ne sei Mama. – »Sisste, und dos reicht doch völlig!«

»Also, ich muss schon sagen, Nicolaus, deine Noten lassen zu wünschen übrig!«, schimpft dr Papa. – »Prima, Vati, dann wünsche ich mir jetzt ein Rad!«

Lossen mir de Schul sei und machen aus de Klassenzimmer naus. Kehrn mer in de Heilign Halln ünnerer Kirchn und Gemeinden ei. Markwürdigerweise befinden mir uns am Aafang net in enn Gotteshaus, sondern im Knast. Dort traffen mir offn Pfarrer Fröhlich, dar fürs Kittchen zuständig is. Dar freegt enn Häftling: »Mein Sohn, warum bist du denn eigentlich hier?« – »Wegen meines Glaubens!« – »Wegen deines Glaubens? Das ist doch nicht möglich! Wo gibt es denn so etwas?« – »Doch, das ist wahr! Ich habe geglaubt, die Alarmanlage sei ausgeschaltet.«

Pfarrer Kachelmann besucht de Familie Seidelbast. Am Kaffeetisch goobs e aageregtes Gespräch, in denn dr Pfarrer sein Ministrant Michael freegt: »Hast du dich schon einmal mit dem Gedanken beschäftigt, Pfarrer zu werden?« – Entsetzt wehrt dr Michael oo: »Vun denn bissel Klaagald, dos Ihne mitleidige Gemeindeglieder ins Kollektenkärbel stecken, möcht ich off kann Fall laabn müssen!«

Als dr Kachelmann aufbricht, stieht er zufällig im Bus naabne Stefan aus dr sechsten Klasse und kriegt mit, wie dar in Busfahrer e Lüg aufbrummt. Dar Kropp sogt doch, er war zaah Gahr alt. Hinten sitzen se naabneanner, su doss dr Pfarrer denn Beschisskittel ins Gebaat nimmt: »Weisst du auch, Stefan, was mit den Jungen geschieht, die nicht die Wahrheit sagen?« – »Na klar, die fahrn im Bus zum halbn Preis!«

Dr Sabine ihr Hund Lilli is gestorbn, wos dos Maadel utröstlich macht. Ihr Pfarrer kaa dos Maadel in seiner Traurigkeit gut verstieh und versucht wing Trost ze spenden. Dos Kind härit sich seine Wort aa, sogt aber drauf: »Ich möchte nur einmal wissen, was Gott sagen würde, wenn ihm sein bester Erzengel kaputtging!«

Bei enn Vortrag preist e Redner de Entwicklung und Vorzüg des Autos. Als er mit sein Vortrag fartig is, seifzet e Pfarrer, dar sich dos aah mit aahärit, laut vür sich hie: »Das ist ja alles schön und gut, aber auf die Moral der Menschen hat das keinen Einfluss«. – »Aber doch«, entgegnet dar Redner, »zum Beispiel ist die Zahl der Pferdediebstähle erheblich zurückgegangen!«

Dr Pfarrer kimmt nei dr Sakristei und meckert: »Noch keiner von den Organisten da? Wer spielt denn heute eigentlich?« – Dr Kirchndiener glabbts ze wissen: »Hansa Rostock gegen Werder Bremen!«

In enn Gemeindeohmd saat dr Pfarrer Mittelberg unter annern: »Ich bin in Dresden geboren worden, ging aber in Chemnitz zur Schule«. – Wos sogt e Spassvugel dodrauf? »Da haben Sie aber täglich einen weiten Schulweg gehabt!«

Holger und Thomas kampeln sich, su doss ihr Pfarrer drzwischenfährt und Schiedsrichter spielt. Hier sisste aber, doss mir Pfarrer net immer vun dr intelligentesten Seit auftraaten. Mir känne uns mannichmol ganz schie verstaabt benamme. Freegt dar die Gunge: »Wollt ihr denn nicht in den Himmel kommen?« Dr Holger sogt: »Doch, ich möchte in den Himmel kommen!« Dr Thomas drgegn sogt: »Nein«. – »Was, du willst nicht in den Himmel kommen wenn du stirbst?«, freegt dr Pfarrer erstaunt. – »Ach so« maant dr Thomas drleichtert, »ja, dann schon! Ich dachte, Sie suchen welche für sofort!«

In aaner Familie unnerer Gemeinde is dr Opa vun Louis und Jimmy gestorbn. Nu isses net aafach, denn Kinnern ze drklärn, wu dr Opa sich itze aufhält. De Oma Maritta saat ze ihrn Enkele: »Unner Opa is drubn im Himmel beim lieben Gott und in Herrn Jesus!« Do maanet dr Jimmy: »Naja, morgn ward dar ne schu wieder runterschicken!« Kinnerglaabn! Mannichmol wünsch ich mir denn! Su aafach und unkompliziert, dar net alles hinterfreegt, ob dos aah stimmt, wos in dr Bibel stieht.

E Maa beobacht' enn Pfarrer, dar Plakate an de Aaschloogtafel naalt, also nagelt. »Möchten Sie wissen, was auf meinen Plakaten steht?«, freegt dr Pfarrer. – »Nein, ich möchte nur hören, was Sie sagen, wenn Sie sich auf die Finger hauen!«

Dr Marcel is geroode drbei in Garten ümzegroobne, als dr Pfarrer Krönert vorbeikimmt. »Sag mal, Marcel, ist deine Mutti zu Hause?« – »Herr Pfarrer, das müssten Sie sehen, dass sie da ist; oder meinen Sie, ich würde arbeiten, wenn sie nicht zu Hause wäre?«

Zum Schluss loss ich. eich noch in enn Schulaufsatz gucken Do maant dr Roland: »Deutschland hat mehrere hervorragende Kirchenmusiker hervorgebracht. Zum Beispiel Johann Sebastian Bach, um nur drei zu nennen«.

## DER LANGSAMSTE,

der sein Ziel nicht aus den Augen verliert, geht noch immer geschwinder, als jeder, der ohne Ziel umherirrt.
*Gotthold Ephraim Lessing*

## »... E WEITE RAAS UHNE GASTHAUS«?

Dos gieht aafach net! Emol musste eikehrn, und dos machen mir itze. Ich kehr mit eich ei. Über Gasthäuser lässt sichs philosophiern. Dos haasst also über Wirtsleit, über Assen und Trinken; über Sauberkeit und sanitäre Aaloogn. Net ausgeschlossen sei de Gardine und dr Tischschmuck. Und kehr ich wu ei, dann wass ich, wuhie ich gieh! Off jeden Fall muss es mitn Wirt stimme und net zeletzt mit sein Personal! Ich waar off kaan Fall ze enn gieh, denn sei Gesicht aussieht, als hätt er sauers Bier getrunken oder seine Kliess wärn zerkocht. Emol kam dr Koch aus dr Küch, wu ich net ausmachen kunnt, kimmt dar vun sein Herd oder ausn Spartanschen Heerlager. Ihr Leit, do vergieht enn dr Appetit, wenn de su e blutverschmierte Schürz sisst! Beruhigt eich aber, dos war net im Vogtland! Und wos de Toiletten aagieht, die müssen naabn ner aastännigen Spülung aah e passables Waschbecken hobn! – Aah wenn ich wing warten muss, eh is Assen kimmt, de Hauptsach is, dr Brooten is waach und schie haass! Mei Devise is die: Wos haass gassen und getrunken wardn muss, dos muss haass sei! Und wos kalt gassen und getrunken wardn muss, dos muss kalt sei! Net wie in denn Gasthaus, wu e Gast in Ober freegt: »Haben Sie ausser Bier noch andere warme Getränke?« Su net! – In enn annern Wirtshaus bestellet sich e Gast ausn Saarland e Fümfminutensteak. Fümfminutensteak! Fümf Minuten! Lachen kännt ich heit noch über denn Zirkus! Nooch ner reichen halbn Stund kimmt dr Ober an sein Tisch vorbei, und dar Gast freegt net geroode mit freindlicher Miene: »Herr Ober, wo bleibt denn mein Fünfminutensteak, das ich vor einer halben Stunde bestellt hatte?« – Dar Ober, ich kenn dos freche Bürschel aah, gibt denn Maa rotzfrech zur Antwort: »Mein Herr, da können Sie froh sein, dass Sie ein Fünfminutensteak bestellt haben und keine Tagessuppe!« Dos war zeviel, dar Gast stand auf und is gange. Und dos Bier, dos er inzwischen getrunken hatt, bezoohlt dar aah net!

Ze mir salber. Als Pastor hob ich aah e paar Hobbys. Dos sei Kreizworträtsle, domit de Birne wach bläbbt. Dos is es Autofahrn, weil dos vorteilhafter is als Wandern. Und dos is es Kochen, weil sich vun Assen und Trinken schu mancher drnährt hot! Als Hobbykoch brauch ich kaa Kochbuch, mei Kochbuch bie ich salber. Mei Fraa wunnert sich schu lang nimmer über mei Methode. Die wass, wenns fartig is schmeckts! Wu ich in dr Küch draa vorbeikumm, ward wos waggenumme und mit nein Topp oder nei dr Pfann gehaa. Su aafach is dos. Vun de Raster gar net ze reden, Do vereinign sich mannichmol zwee bis drei Mittoogassen in enn Topp und – dos schmeckt und bekimmt uns! Dos Rastergematsch stieht Maantigs oder Dienstigs off unnerer Speisekart. Ach, du möchst dos mol probiern? Ehrlich? Kaa Problem! Ruff uns aafach aa: 037467/21414! Manchmol klappts! Aber net drängeln! – Nooch daare Gasthausplauderei bring ich noch e klaanes Ge-

dichtel ausn Vogtland ins Spiel. Dos is aafach und schlicht und stammt aus daare Zeit, in dar's arm zuging; wu dr »Küchenmaaster Schmalhans« hiess. Do hing zum Beispiel e geracherter Haarig an dr Stubndeck, an denn de Familie enn Aardäppel drüberwischet, üm wing Geschmack draa ze hobn. Und wohl dem, dar noch paar Aardäppeln hatt! Habt ihr eich überhaupt mol Gedanken dodrüber gemacht, wie guts uns gieht?! Nu aber mei Gedicht:

> Aardäppelsupp in dr Früh,
> Aardäppel ze Mittoog in dr Brüh,
> Aardäppeln am Ohmd in dr School,
> macht am Toog dreimol«.

In enn alten Kalanner stand dos: »Heit gibts Aardäppeln und braunes Salz, morgn braunes Salz und Aardäppeln«. Wenn dos nischt is! – Dos wars, Freunde, und vergasst in Aafang net: »E Laabn uhne Fraad is wie e weite Raas uhne Gasthaus«!

## DIE HOFFNUNG

dieser Welt heißt nicht Konsum, sondern Arbeiten und Teilen.
*Alois Gutmann*

## ABGESANG

Sie haben das 18. Mundartbuch geschafft, liebe Leserinnen und Leser. Hoffentlich sind Sie nicht geschafft worden, sondern erfreut über alle, die Ihnen begegnet sind! Dies Buch soll das letzte sein. Immerhin bin ich ein alter Mann, der den Mut haben sollte, einen Schlusspunkt zu setzen. Auch wenn es mir schwerfällt, die Feder beiseite zu legen, aber was sein muss, muss sein! Sie waren mit mir auf Chefetagen und in Chorfahrtsquartieren, haben meine Vergesslichkeit und meine Dumm-Intelligenz kennen gelernt. Nicht zuletzt lasen Sie das Loblied auf meine Frau, dessen Strophen ich auf das Buch verteilte. Arztpraxen, Gefängniszellen und Klassenzimmer nahmen Sie auf. Wie hätten Sie reagiert, wenn Ihnen eine Hand aus dem Bestattungsauto zugewinkt hätte? Oder was halten Sie von der Frau, die allzugern ein »Goldenes Klo« besitzen wollte? Auf jeden Fall wünsche ich Ihnen für Ihr Leben eine Portion Freude, die Ihren Alltag ein wenig erhellt. Es müssen nicht »hundert Tore« sein wie in »Theben«, es reicht schon, wenn durch »ein Tor« etwas Freude zu Ihnen hereinkommt! – Wenn Eduard Mörike sagt, »dass man immer etwas haben muss, worauf man sich freut«, kann ich dem nur beipflichten. Tage, die man frohen Herzens erwartet, sind ein prächtiges Geschenk. Es gibt auch Tage, vor denen es einen graut, weil Probleme anstehen. Somit wünsche ich Ihnen einen Morgen, auf den Sie sich freuen können! Und nehmen Sie Theodor Fontanes Wort an: »Man muss die Musik des Lebens hören. Die meisten hören nur die Dissonanzen«. Schlimm, wenn Menschen nur das Negative sehen und erzählen. Sehen Sie mit mir auch das Positive!

Zum Ausklang ein Späßchen aus Rom! Eine Jugendgruppe besucht die Sommerresidenz des Papstes in Castel Gondolfo und wird unerwartet zum Essen mit dem Papst eingeladen. Der Gruppenführer Gisbert ist hocherfreut aber ebenso aufgeregt, so dass ihn der Papst während des Essens fragt: »Mein Sohn, warum bist du denn so erregt?« – »Das fragen Sie? Essen Sie doch mal mit einem Papst!« – Mit wem Sie auch essen oder sprechen, bleiben Sie ruhig und gelassen und – »hören Sie die Musik und nicht die Dissonanzen«! – Liebe Leserinnen und Leser, lassen Sie eine Zeit verstreichen, dann nehmen Sie das Buch erneut in die Hand und lesen es noch einmal. Garantiert entdecken Sie etwas, das Sie beim ersten Mal überlesen haben.

Gott segne Sie,

*Ihr Karl-Heinz Schmidt*

## AUS DEM INHALT

| | |
|---|---|
| Am Anfang ein Gruß | 7 |
| Beruf: Pfarrfraa! | 9 |
| In Familie und im Wirtshaus | 11 |
| Aus dr Arche geplaudert | 15 |
| Nischt wie fort! | 17 |
| Mülldeponie Friedhuf | 18 |
| Harte Kost | 21 |
| Wahrheiten   *von Rainer Boldt* | 22 |
| Vergasslichkeit | 22 |
| Gemartert   *von Wilhelm Busch* | 25 |
| Gemixtes | 25 |
| Unter den Menschen   *von Jean Paul* | 29 |
| Maadel für alles! | 29 |
| Lachen is gesund | 32 |
| Kaa Zimmer frei in Bethlehem | 38 |
| Mausen | 36 |
| Politiker | 38 |
| Alles macht mer verkehrt! | 28 |
| Wos es net alles gibt! | 39 |
| Welch glücklicher Toog! | 40 |
| O, Walter! | 41 |
| Theologen und annere Blüten | 42 |
| Scheint dir auch mal das Leben rau | |
| *von Wilhelm Busch* | 46 |
| »Itze schleeft dr Pastor ei« | 46 |
| Chorfahrtsquartiere | 46 |
| Naumburg | 47 |
| Nauen | 48 |
| Güstrow | 50 |
| Schneeberg | 50 |
| Olbernhau | 52 |
| Demmin | 53 |
| Drei Rootschlceg | 54 |
| Mei Sup drzeehlt … | 57 |
| Gelehrt   *von Curt Goetz* | 59 |

| | |
|---|---|
| Chefetagen und Viecherein | 59 |
| Wer Hackbraten im Wirtshaus bestellt *von Ralf Boller* | 62 |
| Sie werden kommen … | 62 |
| Wenn Gott will …! | 64 |
| Statt zu klagen   *von Dieter Hildebrand* | 66 |
| Su ein Durchenanner | 66 |
| Is leidige Gald | 70 |
| Sei arschte Pfarrstell | 71 |
| Gute Taten | 73 |
| Kinnerwünsche | 73 |
| Menschliches, allzu Menschliches | 76 |
| Gebaat vun enn Kind | 80 |
| Ustergelachter | 80 |
| Das Weinen   *von Max Pallenberg* | 82 |
| Wohl bekumms! | 82 |
| Missverständnis | 84 |
| Seltsamer Hals | 85 |
| Die Freuden   August Mahlmann | 86 |
| Fraa uhne Furcht und Tadel! | 87 |
| Im Park   von Joachim Ringelnatz | 89 |
| »Kirschen mit Gänshaut« | 89 |
| Genial oder Dumm-Intelligent? | 93 |
| »1 × 1« und Zehn Gebote | 96 |
| Der Langsamste *von Gotthold Ephraim Lessing* | 100 |
| »… e weite Raas uhne Gasthaus«? | 101 |
| Die Hoffnung   *von Alois Gutmann* | 103 |
| Abgesang | 103 |

Karl-Heinz Schmidt

**När Aarbet und kaa Spiel macht dumm**

Gewitztes aus Erzgebirge und Vogtland

104 Seiten, Hardcover
ISBN 978-3-374-04035-3
EUR 11,80 [D]

Wenn Sie mit Karl-Heinz Schmidt durch die Städte und Dörfer des Vogtlandes und Erzgebirges wandern, werden Sie staunen, wer Ihnen dort so über den Weg läuft. Sie wundern sich garantiert über den Horror im Märchenwald und bereuen es, im Hotel Granada eingekehrt zu sein. Intelligenzbestien treten an Sie heran, und der »Kirchenladen Kunterbunt« in Klingenthal lädt Sie ein. Letzteren empfiehlt Schmidt Ihnen, weil er mit seinen Büchern kein schlechtes Geschäft macht! Auf jeden Fall präsentiert er Ihnen eine bunte Mischung von Ganoven, Schwindlern und liebenswerten Menschenkindern.

**EVANGELISCHE VERLAGSANSTALT**
Leipzig  www.eva-leipzig.de

Tel +49 (0) 341/ 7 11 41 -16   vertrieb@eva-leipzig.de

**Arscht kumm ich,
und dann kimmst du**

Heiteres aus dem Erzgebirge,
dem Vogtland und dem Rest
der Welt

*Erlebt, erdacht und
festgehalten von
Karl-Heinz Schmidt*

112 Seiten | Hardcover
mit zahlr. Illustrationen
ISBN 978-3-374-03736-0
EUR 11,80 [D]

»Die Menschen sind schlecht, sie denken nur an sich, nur ich denke an mich.« In diesem Sinn läuft nicht selten unser Leben ab. Im Großen wie im Kleinen. Bei Mächtigen und Ohnmächtigen. In jedem von uns spielt das »Ich« eine nicht unbedeutende Rolle. Bei dem einen mehr, beim andern weniger. Schließlich möchte jeder »sein Schäfchen ins Trockene bringen«! In der gewohnt amüsanten Art nimmt der Autor alltägliche egoistische Verhaltensweisen auf's Korn und zeigt, wie es uns gelingen kann, auch den anderen einmal an die erste Stelle zu setzen.

**EVANGELISCHE VERLAGSANSTALT
Leipzig** www.eva-leipzig.de

Tel +49 (0) 341/ 7 11 41 -16   vertrieb@eva-leipzig.de

Karl-Heinz Schmidt

**E guter Root ze rachter Zeit**

Heiteres aus dem Erzgebirge, dem Vogtland und dem Rest der Welt

104 Seiten | Hardcover
mit zahlr. Illustrationen
ISBN 978-3-374-02807-8
EUR 10,80 [D]

*In der Christenlehre steht Jakobs Traum von der Himmelsleiter auf dem Plan. Ein mitdenkendes Kind fragt ernsthaft: »Herr Barth, wenn die Engel Flügel haben, dann schweben sie doch rauf und runter, warum brauchen sie dann eine Leiter?« Diese Frage kam dermaßen unerwartet, so dass Katechet Barth in Beantwortungsschwierigkeiten geriet und sich zu drehen und winden begann. Hilfe kam ihm aus der Klasse, indem ein aufgeweckter Junge parierte: »Die Engel brauchten in dieser Nacht eine Leiter, weil sie gerade die Mauser hatten!«*

Ein guter Rat zur rechten Zeit – dankbar dafür war in diesem Falle Katechet Karl Barth. Mit einer gehörigen Portion Humor und Witz werden dem Leser auch in diesem neuen Buch von Karl-Heinz Schmidt jede Menge Köstlichkeiten zum Schmunzeln und Wundern serviert, natürlich in original erzgebirgischer Mundart.

**EVANGELISCHE VERLAGSANSTALT**
**Leipzig**  www.eva-leipzig.de

Tel +49 (0) 341/ 7 11 41 -16   vertrieb@eva-leipzig.de

Karl-Heinz Schmidt
**Einmaliger Rückenwind**
Gottes Wort für jedermann

128 Seiten | Paperback
ISBN 978-3-374-03171-9
EUR 9,90 [D]

Die Mundartbücher von Karl-Heinz Schmidt – 15 an der Zahl – sind landauf, landab im Erzgebirge und Vogtland berühmt. Der Klingenthaler ist überaus beliebt und für seinen Humor bekannt wie kaum ein anderer. Aber gerade den macht er natürlich seiner Profession entsprechend auch für Ernstes fruchtbar. Gefragt, ob er nicht auch einmal ein Buch geistlichen Inhalts schreiben könne, sagte er unumwunden zu und es entstand dieses Andachtsbuch. Es soll etwas sichtbar werden lassen von dem Gott, der in Christus mit uns und allen Menschen auf dem Weg ist, der uns lieb hat und unter einem geöffneten Himmel gehen lässt. Denn nicht nur Jochen Klepper wusste: »Was die Menschen brauchen, ist Trost.«

**EVANGELISCHE VERLAGSANSTALT**
**Leipzig**  www.eva-leipzig.de

Tel +49 (0) 341/ 7 11 41 -16   vertrieb@eva-leipzig.de

Fabian Vogt

**Gott für Neugierige**

Das kleine Handbuch himmlischer Fragen

144 Seiten, Softcover
ISBN 978-3-374-04266-1
EUR 9,95 [D]

Was ist eigentlich »Glauben«? Existiert Gott wirklich? Hat das Leben einen Sinn – oder macht die Frage nach Sinn alles nur noch komplizierter? Ist Vergebung eine Sünde wert? Warum gibt es so viel Leid in der Welt? Braucht man bei »Dreifaltigkeit« eine Hautcreme? Und: Kann im Himmel auch mal die Hölle los sein?

Fabian Vogt gibt Antworten: Fundiert, übersichtlich und dabei höchst unterhaltsam entschlüsselt er die wichtigsten Themen der Theologie und macht Lust, den eigenen Fragen auf den Grund zu gehen.

Das Buch ist ein Lesevergnügen für »Heiden« wie für »Fromme« aller Couleur.

**EVANGELISCHE VERLAGSANSTALT**
Leipzig  www.eva-leipzig.de

Tel +49 (0) 341/ 7 11 41 -16   vertrieb@eva-leipzig.de

Fabian Vogt

**Bibel für Neugierige**

Das kleine Handbuch
göttlicher Geschichten

224 Seiten, Softcover
ISBN 978-3-374-03872-5
EUR 12,90 [D]

Warum musste Gott am Anfang erst mal das »Tohuwabohu« aufräumen? Gilt Noah eigentlich als Archetyp? Wollte Jona Walfreiheit? War Jesus Christ? Wieso machte der gute »Vater im Himmel« gleich zwei Testamente? Hätte nicht ein Evangelium gereicht? Und: Wie kann ein 2000 Jahre altes Buch heute noch aktuell sein?

Fabian Vogt erklärt die Bibel. Wer ihn und seine erstaunliche Fähigkeit kennt, scheinbar schwierige Zusammenhänge leicht und locker zu erklären, wird zu diesem Buch greifen. Vogt lässt die großen Erzählungen der Bibel lebendig werden, erläutert die Zusammenhänge und zeigt ihre lebens- und glaubensstiftende Kraft.

Das Buch ist ein Lesevergnügen für »Heiden« wie für »Fromme« aller Couleur.

**EVANGELISCHE VERLAGSANSTALT**
**Leipzig** www.eva-leipzig.de

Tel +49 (0) 341/ 7 11 41 -16   vertrieb@eva-leipzig.de